AF066441

Das Buch

Im Städtchen Firstau – unschwer lässt sich der fiktive Ort als Dachau entschlüsseln – liegt an einem Sommermorgen ein unbekannter Toter am Fuß des Schlossberges. Die Kripo geht schnell von einem Unglücksfall aus. Nicht jedoch der Buchhändler Albert Kreitmayer alias Homer. Seine Freunde nennen ihn so, weil der belesene Altphilologe den Alltag ironisch mit Zitaten aus der griechischen Literatur kommentiert. Homer kommt von Anfang an einiges recht seltsam vor. Erst überredet und dann tatkräftig von seinen Freunden unterstützt wird er zum Hobbydetektiv. Im Verlauf seiner ersten Ermittlung erlebt er manche Überraschung, entdeckt Korruption und verborgene Seilschaften. Als er Schritt für Schritt der Wahrheit näher kommt, begibt er sich selbst in Gefahr. Doch seine unsichtbaren Gegner haben nicht mit seiner Hartnäckigkeit gerechnet. Mit Hilfe seiner Freunde kommt er einem Komplott auf die Spur, dessen Fäden ein halbes Jahrhundert zurückreichen.

Der Autor

Michael Böhm, 1947 im Taunus geboren, schreibt seit seiner Jugendzeit. Er lebt nun gut drei Jahrzehnte in Dachau. Dort und im Umland spielen die beiden Bände der Hirtmoor-Chronik und seine Krimis um den Hobbydetektiv Albert Kreitmayer »Homer und der Tote vom Schlossberg« und »Homer und ein Freund aus alten Tagen« (Verlag der Criminale 2002). Böhm erlernte den Beruf des Schriftsetzers, legte die Meisterprüfung ab und war mehrere Jahre als Ausbilder tätig. Mit der zunehmenden Umorientierung seines Berufes vom Handwerk zur Elektronik wechselte er in die EDV. Heute arbeitet er in einem Rechenzentrum der Automobilindustrie.

Michael Böhm

Homer und der Tote vom Schlossberg

Albert Kreitmayers erste Ermittlung

Kriminalroman

verlag der criminale

Dieses Buch erschien erstmals 1999 im Triga Verlag, Gelnhausen

Der Verlag der Criminale ist ein BoD™-Verlag der Buch & medi@ GmbH, München. Dieser Verlag publiziert ausschließlich Books on Demand in Zusammenarbeit mit der Books on Demand GmbH, Norderstedt, und dem Hamburger Buchgrossisten Libri. Die Bücher werden elektronisch gespeichert und auf Bestellung gedruckt, deshalb sind sie nie vergriffen. Books on Demand sind über den klassischen Buchhandel und Internet-Buchhandlungen zu beziehen.

Weitere Informationen über den Verlag und sein Programm unter:
www.verlag-der-criminale.de

Die kursiv gedruckten Zitate stammen aus »Odyssee« und »Ilias« von Homer, nach der Übersetzung von Roland Hampe, erschienen im Reclam-Verlag, Stuttgart 1979.

Das Zitat auf Seite 76 ist aus Hermann Hesse »Lektüre für Minuten« entnommen.
Suhrkamp Verlag, Frankfurt 1994

Oktober 2002
2. revidierte Ausgabe
Verlag der Criminale
Ein BoD™-Verlag der Buch & medi@ GmbH, München
© 2002 Michael Böhm
Umschlaggestaltung: Bauer+Möhring, Berlin
Herstellung: Books on Demand GmbH, Norderstedt
Printed in Germany · ISBN 3-935877-55-2

Meinem Vater

Freitag

Der Mann lag drei Schritte neben dem Mühlkanal am Fuß des Schlossberges. Etwa fünfzig Meter weiter oben zog sich die Mauer des Schlossparks hin. Von da fiel der Grashang, von einzelnen Büschen durchsetzt, steil ab. Erst hier unten, nahe dem Kanal, wurde das Gelände flach. Obstbäume standen in lichtem Abstand. Unter einem Apfelbaum schien der Mann im taufeuchten, niedrigen Gras zu schlafen. Auf der Seite liegend, die Beine leicht angezogen, einen Arm unter dem Körper, den anderen von sich gestreckt, das Gesicht zum Himmel gewandt, sah er aus, als ruhe er leidlich bequem.

Der Mann war ungewöhnlich groß, sehr schlank, geradezu mager. Das schmale, lange Gesicht war braun gebrannt, die Haut rau und rissig wie alte Baumrinde. Der starke Bartwuchs deutete darauf hin, dass er sich seit Tagen nicht mehr rasiert hatte. Die Augen waren geschlossen. Von einer trockenen Platzwunde an der Stirn verliefen zwei dünne Blutstreifen bis zum Ohr. Das dichte braune, an den Schläfen ergraute Haar war ungepflegt und feucht. Mehrere Strähnen klebten im Gesicht.

Hinter dem Rücken des Liegenden breitete sich der dunkelgraue Staubmantel, einem großen Flügel gleich, locker im Gras aus. Der schmutzig gelbe Wollpullover und die vergammelten Jeans waren mit Erd- und Grasflecken bedeckt. Das braune Leder der knöchelhohen Stiefel war zerschlissen, die Sohlen waren jämmerlich abgetreten. Am rechten Fuß klaffte das Leder knapp über der Sohle und offenbarte, dass der Mann keine Strümpfe trug.

Die Morgensonne zauberte silberne Glanzlichter in das dunkelgrüne, träge Wasser des Mühlkanals. Langsam tastete sich das Sonnenlicht über den Kanal hinüber, erreichte die Bäume und den Liegenden, spielte eine Weile auf dem Gesicht und machte es trügerisch lebendig, zog weiter den Hang hinauf.

Im idyllischen Frieden dieses strahlenden Sommermorgens lag ein noch unbekannter Toter am Fuß des Schlossberges von Firstau.

Ohne Eile, Stufe um Stufe, stieg ein kleiner älterer Herr die Herzog-Treppe zum Schloss hinauf.

Die ganze Erscheinung von Dr. Kurt-Egon Loderer wirkte sympatisch nachlässig. Die wenigen weißen Haare strich er am Morgen mit Wasser nach hinten, danach ließ er sie für den Tag in Ruhe. Wie staunend blickten seine wasserblauen großen Augen durch die runde Brille, die ihm ständig in Richtung Nasenspitze rutschte. Dem kleinen Doktor passte offenbar kein Kleidungsstück so richtig. Auch die kunterbunte Farbmischung schien ihn nicht zu kümmern. Die giftgrüne offene Wolljacke war zu lang und zu weit. Unter der Jacke trug er ein groß kariertes buntes Hemd, um den Hals hatte er ein zitronengelbes Seidentuch geschlungen. Die blaue Cordhose wurde von einem schmalen braunen Gürtel, vorne geknotet, auf der Hüfte gehalten. Hob er ein Bein zur nächsten Stufe, zeigten sich rote Socken. Allein die teueren braunen Schuhe passten ihm genau.

Loderer, auf seinem Morgenspaziergang, wollte in den Schlosspark, um dort ein paar Minuten die Ruhe und die schöne Aussicht zu genießen. Anschließend würde er wie jeden Tag ins Thoma-Café zum Frühstück gehen. Er kam vom Waldfriedhof, wo er eine Weile am Grab seiner Frau gesessen hatte. Der Doktor war seit über dreißig Jahren Witwer; seine Frau war nach nur zweijähriger Ehe an einer Lungenentzündung gestorben. Auf dem Grabstein stand bereits sein Name. In den letzten Jahren kam es immer häufiger vor, dass er, bevor er wieder ging, sagte: »Jetzt musst du nicht mehr allzu lange auf mich warten, Liebste.«

Er erreichte den Schlossplatz. Keine Menschenseele war zu sehen. Auf dem Rasen des Rondells, neben einem Rosenstrauch, saß eine Krähe. Loderer blieb stehen, um den Vogel zu beobachten, der immer wieder mit seinem kräftigen Schnabel in den weichen Boden hackte. Die Sonne lugte plötzlich über das Dach des Schlosses. Loderer hob den Kopf, blinzelte in das blendende Licht und musste niesen. Durch dieses laute Geräusch gestört, flog die Krähe davon. »Mea culpa, großer schwarzer Vogel«, murmelte der kleine Mann und ging weiter.

Durch einen schmalen Torbogen betrat er den Schlosspark und schritt den Laubengang hinunter. Die Linden mit ihren ineinander verschlungenen Kronen bildeten eine romantische grüne Arkade. Nahe der Schlossmauer setzte er sich auf eine Bank.

Gedankenverloren sah er den hauchfeinen Wölkchen zu, die am weißblauen Himmel segelten. Mit heiterer Vorfreude dachte er daran, dass er nachher die Studien fortsetzen würde, die ihn gestern bis in die Nacht hinein an den Schreibtisch gefesselt hatten. Loderers große Leidenschaft waren alte Handschriften. Am Vortag war ein Umschlag mit wunderschönen Drucken bei ihm eingetroffen. Absender war ein Mönch aus einem Kloster nahe Siena, einer seiner Briefpartner.

Vom Moos her tauchte ein Schwarm Kormorane auf und flog in niedriger Höhe parallel zum Schlossberg. Loderer erhob sich und trat an die nahe Mauer. Nachdem die Vögel seinen Sichtbereich verlassen hatten, stützte er sich mit den Händen auf die Steine und ließ seinen Blick schweifen. So sah er auch den steilen Hang hinunter und entdeckte den Menschen, der unter einem Obstbaum nahe dem Kanal lag. Konzentriert spähte er nach unten. Dann wurde ihm klar, dass das eine Szene war, die einfach nicht stimmte. Er verspürte einen kleinen Stich in der Brust.

Loderer machte spontan kehrt, eilte, so schnell es ihm möglich war, quer durch den Schlosspark und verließ ihn seitlich durch eine offen stehende Tür in der Mauer. Er kam am Wasserturm und an der Brauerei vorbei und ging mit schnellen Schritten die kopfsteingepflasterte Straße hinunter.

Außer Atem, Schweißperlen auf der Stirn, betrat er geräuschvoll das Thoma-Café. Die Gäste blickten erstaunt vom Frühstück oder von ihrer Zeitung auf. Loderer blieb vor der Theke stehen. Die junge Bedienung schaute ihn verwundert an.

»Ich muss dringend telefonieren, Maria!« stieß er hervor.

Maria stellte ihm sofort das Telefon auf die Theke und Loderer wählte die Notrufnummer.

Wie jeden Morgen bog Sepp Dierl auf seinem Fahrrad von der Schlossbergstraße in den Mühlkanalweg ein. Vor einem dreistöckigen, ockerfarben angestrichenen Gebäude, dem Fabrikhof, ließ er sein Rad ausrollen. Er schloss ein größeres Tor auf, über dem ein Flaschenzug hing. Dann schob er sein Rad in die Halle mit den raumhohen Fenstern, durch die der Hang des Schlossbergs zu sehen war. Über eine eiserne Wendeltreppe stieg er in das erste Stockwerk hinauf und betrat sein Büro.

Dierl war Meister und Teilhaber einer kleinen Spezialfirma für Werkzeugbau, die hauptsächlich für die Automobilindustrie arbeitete. Seit vielen Jahren hatte er es sich zur Regel gemacht, sehr früh in der Firma zu sein, um in Ruhe den Tag planen zu können.

Er stellte seine Tasche unter den alten dunklen Schreibtisch. Auf dem Tisch lag eine Mappe, die er aufschlug. Er überflog die wenigen maschinengeschriebenen Blätter. Aus einer Schublade nahm er einen Plan, breitete ihn auf dem Tisch aus, beugte sich darüber. Als er sich wieder aufrichtete, schaute er nachdenklich zum Fenster hinaus. Es dauerte einen Moment, bis er das Bild realisierte, das er sah. Nur einige Meter von seinem Fenster entfernt, auf der anderen Seite des Kanals, lag ein Mann unter einem Apfelbaum.

Dierl schüttelte den Kopf und wandte sich wieder seinem Plan zu.

Wenige Minuten später verließ er das Büro, schloss eine Stahltür auf und betrat den Werkraum.

Bevor er sich den stahlglänzenden Werkzeugteilen auf einer Werkbank widmete, warf er noch einmal einen Blick aus dem Fenster. Noch immer lag der Mann unter dem Baum. Jetzt kamen Dierl Zweifel, ob der da draußen tatsächlich schlief. Ein dunkles Unbehagen stieg in ihm hoch. Laut sagte er: »Heiliger Bimbam!«
Er legte den Plan auf die Werkbank und ging zurück in sein Büro. Dort nahm er den Telefonhörer und wählte die Nummer der Polizeiinspektion, die er von einem Verzeichnis ablas, das neben dem Telefon lag. Als er erneut zum Fenster hinaussah, lief ihm ein leiser Schauer über den Rücken.

Albert Kreitmayer hatte gerade sein Frühstück beendet. Er saß am Holztisch in seiner Wohnküche. Das Fenster war geöffnet, frische Morgenluft strich herein. Kreitmayer wurde von seinen Freunden »Homer« genannt, denn der Inhaber der Buchhandlung »Homer & Freunde« las, als studierter Gräzist, die alte griechische Literatur im Originaltext, kannte seinen Homer auswendig, und hatte die Angewohnheit, bei Gelegenheit geeignete Stellen daraus zu zitieren.

Homer zündete sich die erste Zigarette des Tages an. Er nahm den »Kreisboten« zur Hand, überflog die erste Seite, blätterte um. Auf der dritten Seite grinste ihn Johannes Grüner, der Landrat, als Koch verkleidet, an. Bei einer Wohltätigkeitsveranstaltung der Rotarier hatte Grüner in weißer Schürze und steifer Kochmütze Leberkäse verkauft. Homer feixte. Er stellte sich vor, wie Lukas Falk, der Chef des »Kreisboten«, gerade diesen Schnappschuss seines Fotografen auswählte. Das Bild dann mitten auf die Seite, in einen Kasten mit wenig Text zu platzieren, entsprach ganz Falks Humor.

Nachdem Homer die Überschriften der nächsten Seiten gelesen hatte, legte er die Zeitung zusammen, zog noch einmal an seiner Zigarette, drückte sie aus, trank den letzten Schluck Kaffee, und stand auf. Er war klein, mal gerade einsvierundsechzig, und schlank. Sein Gang charakterisierte ein leichtes Hinken, das von einer Verkürzung seines rechten Beines herrührte.

Homer putzte im Bad seine Zähne, gurgelte mit Mundwasser. Den Kamm in der Hand, schaute er sich im Spiegel an. Dass er die Vierzig seit einigen Jahren überschritten hatte, war ihm kaum anzusehen. In dem hageren Gesicht dominierten hohe Wangenknochen und eine große Nase. Die schwarzen Augenbrauen über seinen weit auseinanderstehenden grünen Augen ließen seinen Blick intensiv erscheinen.

Homer streckte seinem Spiegelbild die Zunge heraus und kämmte sein dichtes, verstrubbeltes, schwarzgrau meliertes Haar.
Aus dem Bad kehrte er in die Küche zurück. Er nahm von einem Regal eine grüne Gießkanne, füllte sie mit Wasser und begann seinen Rundgang durch die Wohnung, um behutsam die Blumen zu gießen.

Er zog das leichte Jackett an, das auf einem Bügel hinter der Tür im Schlafzimmer hing. Vom Nachttisch holte er seine moderne Goldrandbrille mit den runden Gläsern und setzte sie auf.

Sein Blick streifte kurz das Bücherregal am Fuß seines Bettes, in dem ausschließlich Kriminalromane, darunter viele »Maigrets« von Simenon, aufgereiht waren. Sein Faible für Krimis, insbesondere für den französischen Kommissar, war im Gegensatz zu seiner Homer-Begeisterung nur wenigen Freunden bekannt.

Homer blieb am Fenster stehen, zog den Vorhang eine Handbreit auseinander und schaute hinüber zu der alten, gepflegten Villa von Professor Aumüller. Sein sehnsuchtsvoller Blick hing an einem bestimmten Fenster, dessen Gardinen zugezogen waren. Nach einer Weile überzog ein melancholischer Ausdruck sein Gesicht.

»Oh, meine goldene Seele«, murmelte er und seufzte tief.

Wenige Minuten später verließ er die Wohnung und stieg die steile Holztreppe hinunter in die Buchhandlung.

Homer beriet eine ältere Dame, die ihrem Enkel zum Geburtstag mit einem Jugendbuch eine Freude machen wollte. Konnte er seinen Kunden bei der Auswahl von Büchern helfen, war Homer in seinem Element. Er besaß intuitive Menschenkenntnis und er redete gern. Ihm war kein Kunde in Erinnerung, der nach seiner Beratung ohne ein Buch die Buchhandlung verlassen hätte. Jetzt ging es noch darum, für welches der beiden Bücher, die die Auswahl überstanden hatten, die Dame sich entscheiden würde. Geschickt lobte Homer mal das eine, mal das andere.

»Herr Kreitmayer, ich nehme beide«, entschloss sich die Kundin in dem Moment, als das melodische Glockenspiel beim Öffnen der Ladentür einsetzte.

»Ihr Enkel wird sich freuen, Frau Anders. Davon bin ich überzeugt.« Homer dreht sich um. »Grüß Gott, Herr Doktor. Ich bin gleich für Sie da.«

»Lassen Sie sich bitte Zeit, Herr Kreitmayer. Ich habe es nicht eilig.« Loderer trat an eine Bücherwand, legte den Kopf schräg, um die Rückentitel lesen zu können.

Geübt schlug Homer die beiden Bücher in Geschenkpapier ein,

überreichte das Päckchen und begleitete mit freundlichen Worten Frau Anders zur Tür.

»*Seid mir gegrüßt, o Gast.*« Mit diesen Worten aus seinem geliebten Homer ging er dann auf Loderer zu. Die Männer gaben sich die Hand. Dabei zwinkerte der Buchhändler dem kleinen Doktor zu und sagte: »Ich kann Ihnen eine Freude machen, Doktor. In meinem Büro liegt Russels ›Lob des Müßigganges‹.«

»Sie haben es tatsächlich geschafft?«

»Ehrlich, ich bin etwas stolz darauf, gerade diese Ausgabe aufgetrieben zu haben. Heute war das Buch in der Post.«

»Oh, ich freue mich schon darauf, es in die Hand zu nehmen und später genussvoll darin zu lesen. Haben Sie Bertrand Russel gelesen, Herr Kreitmayer?«

»Nein, aber ich gestehe, nachdem ich es ausgepackt hatte, habe ich darin geblättert.«

Offen, seine Neugier nicht verbergend, fragte Loderer: »Und?«

Homer sah sein Gegenüber verschmitzt an. »Russel lehnt das geflügelte Wort »Müßiggang ist aller Laster Anfang« ab. Seine Erkenntnis: Ohne die Klasse der Müßiggänger wären die Menschen heute noch Barbaren.«

»Das gefällt Ihnen, Herr Kreitmayer?«

»Das gefällt mir, Doktor.«

»Mir auch.«

Homer machte eine übertrieben weite Handbewegung: »Begleiten Sie mich nach hinten, Doktor?«

Als langjähriger guter Kunde war Loderer sich der Auszeichnung dieser Einladung bewusst, denn nur selten bat der Buchhändler in seine Schatzkammer. »Gerne, Herr Kreitmayer«, sagte er.

Das Erste, was beim Betreten des schmalen Raumes ins Auge fiel, war das große Plakat der Venus von Milo gegenüber der Tür. Die gesamte linke Wand war von einem überladenen Bücherregal bedeckt. Rechts, unter dem Fenster, das die Sicht auf den nahen Fluss Au freigab, stand ein Schreibtisch, auf dem auch nicht ein freies Plätzchen war. Bücherstapel, Papier in Stößen, Ordner, das Telefon, ein Faxgerät. Das Fenster war umrahmt von raumhohen Regalen, in denen neben Büchern auch Ordner standen, dicht an dicht. Auf einem Brett in Augenhöhe standen wie Soldaten etwa zwei Dutzend Champagnerkorken in Reihe, auf denen Homer mit Kugelschreiber ein Stichwort und das Datum vermerkt hatte, zu dem der Champagner getrunken worden war.

Unter dem Plakat der Venus befand sich ein niedriges weiteres

Regal, auf dem Homers Sammlung seiner Lieblingsliteratur stand. Ausgaben der Ilias, der Odyssee, verschiedener griechischer Philosophen, Ausgaben von Cicero, Saint-Exupéry, Camus, Hesse, Durrell.

»Ihre Schatzkammer zu betreten ist ein Erlebnis«, sagte Loderer. Homer schob den zweiten Stuhl Loderer zu und bat ihn, sich zu setzen. Er selbst platzierte sich vor dem Schreibtisch. Neben dem Telefon lag das Buch mit dem weißen Schutzumschlag und der zarten Goldschrift. Homer reichte es Loderer. Dieser nahm es wie ein Geschenk entgegen und begann augenblicklich darin zu blättern.

Wenige Minuten nach zwölf verließen Homer und Loderer zusammen die Buchhandlung. Homer schloss ab. Sie gingen über die Christophorus-Brücke, stiegen kurz dahinter die Steintreppe hinunter zum schattigen Uferweg. Erst dort berichtete Loderer von seinem Erlebnis am Morgen.

An dem Punkt angelangt, wo er, an der Mauer stehend, in die Tiefe spähte, sagte er: »Als ich diesen Menschen dort unten am Kanal liegen sah, hatte ich spontan das Gefühl, dass da etwas nicht stimmte. Was tut der da, schoss es mir durch den Kopf. Ohne lange zu überlegen, lief ich zum Thoma-Café und rief von dort die Polizei an.«

»Und?«

Loderer schaute Homer an, hob die Schultern. »Mehr weiß ich nicht. Ganz gegen meine Gewohnheit ließ ich den Vormittag über Radio-Au laufen. Es kam jedoch keine Meldung, die sich auf diese Person bezog.«

»Vielleicht hat sich dieser Jemand zum Schlafen dort hingelegt«, meinte Homer mehr zum Spaß.

Loderer blieb ernst. »Schon möglich. Aber ich kann es mir nicht vorstellen.«

»Vielleicht im Rausch? War es ein Mann oder eine Frau? Konnten Sie das erkennen, Doktor?«

»Mit Gewissheit nicht. Aber ich nehme an, dass es ein Mann war. Wie auch immer, wie kommt die Person dort hin? Der Platz ist doch zu ungewöhnlich, außerdem schwer zu erreichen.«

»Da haben Sie Recht, Doktor. Die einzigen Leute, die sich in diesem Teil des Schlossberges ab und zu aufhalten, sind die Stadtgärtner.«

»Wie kommen die eigentlich dort hin?«

»Hm! Lassen Sie uns mal überlegen.«

»Die Grenze ist der Mühlkanal. A priori ausgeschlossen; es gibt keinen Übergang. Vom Panoramaweg müsste man durch den steil abfallenden Wald, und dann kommt der Zaun des Schlossparks, der sich bis zum Kanal hinzieht.«

»Kann der Zaun eine Lücke haben?«

»Keine Ahnung.«

»Also dann zur anderen Seite. Dort verläuft die Schlossbergstraße. Bis zur halben Höhe stehen Häuser, dahinter sind Gärten und dann eine hohe Mauer. Womöglich gibt es dort eine Tür.«

»Die müsste dann aber von einem Privatgrundstück aus zu erreichen sein.«

»So bleibt nur noch die Schlossmauer, oder? Von dort oben aus ist es außerordentlich steil. Ich habe mal die Gärtner bei der Arbeit gesehen. Sie waren mit Seilen gesichert. Nur ein guter Kletterer kommt von dort oben ungeschoren nach unten.«

Loderer blieb kurz stehen. »Herr Kreitmayer, im hinteren Teil des Schlossparks gibt es ein abgetrenntes Grundstück der Stadtgärtnerei. Von dort könnte es vielleicht einen Zugang geben.«

»Wie auch immer, Doktor, dieser Mensch müsste sich schon einige Mühe gegeben haben, nur um sich am Kanal zur Ruhe zu legen. Da hab' ich so meine Zweifel.«

»Nicht wahr, Herr Kreitmayer, irgendwie rätselhaft.«

»Zumindest kommen wir im Moment wohl kaum zu einer zufrieden stellenden Erklärung. Ich werde später Falk anrufen und ihn fragen, ob er davon gehört hat.«

»Könnten Sie dann vielleicht ...?«

Homer wandte sich dem Doktor zu, und sagte: »Wenn ich etwas in Erfahrung bringe, rufe ich Sie an.«

»Sollte ich Neues hören, melde ich mich«, versprach Loderer.

Die beiden Männer waren am Fußgängersteg über die Au angelangt, wo sich ihre Wege trennen mussten. Homer blieb stehen und schaute Loderer nach, bis er auf der anderen Uferseite zwischen Häusern außer Sicht war.

Schräg gegenüber der Buchhandlung »Homer & Freunde« stand das Wirtshaus »Zum Bären«. Hinter dem Haus mit der Jugendstilfassade lag der Biergarten, der sich bis zum Ufer der Au hinzog.

Es war abends, kurz nach halb neun. Lukas Falk kam vom Uferweg her. Hier und da grüßte er Gäste an den Tischen. Falk war ein schlanker, mittelgroßer, gut aussehender Mann, etwa Mitte vierzig, picobello gekleidet.

Einige Meter vor dem Tisch unter einer mächtigen alten Kastanie, an dem Homer alleine saß, blieb er kurz stehen und betrachtete den

Freund. Homer hatte beide Hände um das Bierglas gelegt. Er blickte hinauf zum Schlossberg.

Falk trat an den Tisch und sagte: »Ich hoffe, ich störe dich nicht in deiner Meditation, Homer.«

Homer stand auf, umfasste Falk an den Armen und sagte mit ernster Miene: »*Nimm es nicht übel, dass ich dich nicht beim ersten Anblick liebend begrüßte.*« Dann sah er sich um, entdeckte die Bedienung und winkte ihr. »Setz dich, Lukas«, sagte er.

»Warst du in die bezaubernde Silhouette unseres Schlossbergs versunken, Homer?«

Homers Blick ging wieder hinauf. Die Abendsonne beleuchtete das Schloss, den Zwiebelturm der Stadtkirche und die Reihe schöner Fachwerkhäuser.

Die Bedienung kam an den Tisch. Falk bestellte ein Bier.

Homer sagte: »Ich habe an Doktor Loderer gedacht. Es war vor einigen Jahren, als er auf einmal netzweise Jaffa-Orangen kaufte und nach Hause schleppte. Was er damit machte, ist mir bis heute schleierhaft. Ich weiß nur, dass er mit dieser Hamsteraktion seine Sympathie für Israel ausdrücken wollte.«

»Der kleine Doktor ist ein liebenswerter Kauz«, sagte Falk. »Mir fällt da auch eine für ihn typische Episode ein. Damals wollte der Stadtrat ihm in öffentlicher Sitzung die Bürgermedaille verleihen. Alle waren versammelt, nur Loderer fehlte. Plötzlich wurde die Tür des Sitzungssaales aufgerissen, der Doktor stürmte herein, blieb nach wenigen Schritten stehen. Alle starrten ihn an, er starrte zurück. Er trug einen guten dunklen Anzug, der jedoch zerknittert war, als hätte er Nächte darin geschlafen. Sein schütteres Haar war völlig zerzaust. Na ja, nach seinem stürmischen Eintritt und dem gegenseitigen Staunen verlief der Abend dann wie vorgesehen.«

Falks Bier kam, die Männer hoben die Gläser und tranken. Homer zündete sich eine Zigarette an, Falk einen Zigarillo.

»Es tut mir Leid, Homer, dass ich dich warten ließ. Du weißt, unpünktlich zu sein ist mir ein Gräuel. Ich war für den »Kreisboten« unterwegs.«

Homer winkte ab. »Keine Ursache, Lukas.«

»Ich war an der Fuchsschwaige. Dort hat die Stadt, wie du weißt, nach dem Krieg zwei Wohnblocks für Flüchtlinge gebaut. Beide Häuser sind jetzt sehr heruntergekommen. Wahrlich keine Augenweide.«

Homer stimmte Falk mit einem Nicken zu. »Und ganz in der Nähe hat Laaser exklusive Eigentumswohnungen gebaut. Tragen die nicht so schöne Namen wie Sonnenresidenz, Waldblick, Wiesenpark?«

»Richtig. Die Frage war, wie lange Laaser diese ungeliebte Nachbarschaft in Kauf nehmen würde. Und offenbar hat er hinter den Kulissen gut gearbeitet. Jetzt ist irgendwie durchgesickert, dass eine Immobiliengesellschaft aus München die Häuser von der Stadt gekauft hat.«

»Lass mich mal tippen: Inhaber oder zumindest Teilhaber dieser Gesellschaft ist Laaser?«

»Volltreffer. Mehrheitsgesellschafter.«

Homer stieß einen leisen Pfiff aus. »Nachtigall, ick hör dir trapsen.« Er nahm einen großen Schluck. »Und was gab den aktuellen Anlass, dass du zur Fuchsschwaige hinausgefahren bist?«

»Ich erhielt einen Anruf, die Bewohner der Häuser hätten sich zum Widerstand entschlossen.«

»Widerstand gegen was? Gegen den Verkauf? Der ist doch wohl schon besiegelt.«

»Na sicher. Ich konnte mir auch nicht vorstellen, was mich an der Fuchsschwaige erwarten sollte. Und dann ging es dort so richtig rund. Irgendwer muss das organisiert haben, ich konnte allerdings nicht in Erfahrung bringen, wer. Radio-Au war bereits da. Später kamen ein TV-Team und Zeitungsreporter aus München. Und tatsächlich wurde ein munteres Spektakel geboten. Aus beinahe jedem Fenster hingen weiße Tücher, mit zum Teil bösen Texten beschriftet, die alle gegen Laaser zielten. Auf den Dächern hockten Männer und sogar einige Frauen. Sie brüllten über Megaphone wüste Parolen und vor den Häusern standen mehrere Gruppen, die den Medienvertretern Schilder mit Protestschlagworten entgegenhielten. Dazu heulende Kinder in Menge.«

»Polizei?«

»Irgendwo im Hintergrund. Ein Streifenwagen.«

»Der Protest richtete sich gegen den Verkauf an Laaser?« fragte Homer.

»Nein. Um den Verkauf ging es überhaupt nicht. Es ging um die Vertreibung aus den Wohnungen, wie überall zu lesen war.«

»Vertreibung?«

»Laaser hat ein Gutachten über die Substanz der Wohnungen erstellen lassen. Und der Gutachter macht die Aussage, dass es nicht ohne Risiko sei, in diesen Häusern zu wohnen. Der Kern seiner Empfehlung lautet dahin, die Häuser abzureißen. Ich habe Ausschnitte aus dem Gutachten gelesen. Woher die Leute es haben, wurde mir nicht verraten. Jedenfalls ist allen Bewohnern mit Bezug auf das Gutachten gekündigt worden. Und die misstrauen den Gründen natürlich und ge-

hen auf die Barrikaden. Wenn du dir die Bewohner ansiehst, wird klar, wie brisant die Sache ist. Die Stadt hat dort vor allem sozial Schwache einquartiert, zumeist allein stehende Frauen mit kleinen Kindern, dazu Aussiedler und auch Asylbewerber. Ein buntes Volk, aber sie ziehen im Moment offenbar alle gemeinsam an einem Strang.«
»Das kann Laaser gar nicht gefallen. Und das Medienecho muss ihm so suspekt sein wie dem Teufel das Weihwasser.«
»Allerdings. Aber an seinen Plänen wird das nichts ändern, denke ich.«
»Schreibst du darüber?« wollte Homer wissen.
»Aber sicher. Ich werden unangenehme Fragen stellen.«
»Kann Laaser dir auf den Fuß treten?«
»Kaum. Anselm Laaser ist ein Schweinehund, aber clever. Ich weiß zu viel über ihn, und er weiß das auch.«
Falk gab der Bedienung ein Zeichen und bestellte zwei weitere Bier.
»Das ist also das aktuelle Thema für den »Kreisboten«. Was ist mit dem Menschen, den Doktor Loderer am Morgen am Mühlkanal entdeckt hat?«
»Ich habe eine kleine Spalte über den unbekannten Toten vorgesehen.«
»Tot? Also doch. Ein unbekannter Mann! Und das gibt nicht mehr her als eine kleine Spalte?«
»Ich kann nicht mehr als eine Meldung über einen unbekannten Toten bringen. Mehr wird bis jetzt nicht bekannt gegeben. Ich habe mit Kriminalhauptmeister Mayer gesprochen. Dort ist der Name des Toten inzwischen bekannt. Der Mann stammt nicht aus Firstau, ist arbeitslos, hat keinen festen Wohnsitz. Und auch das darf ich nicht schreiben.«
»War arbeitslos, hatte keinen festen Wohnsitz«, korrigierte Homer.
Falk sah Homer kurz an. »Okay. Der Mann war offenbar stark alkoholisiert. Die Kripo geht vorerst davon aus, dass es ein Unfall war. Man wartet die Obduktion ab.«
»Also nichts Geheimnisvolles. Ein besoffener Penner stürzt den Schlossberg hinunter und bleibt tot liegen.«
»Das sind die Fakten im Augenblick. Auch die Leute von der Kripo sind nur Menschen und können nicht zaubern, Homer.«
»Hast du dein Handy dabei, Lukas?«
»Ja. Warum?«
»Ich möchte Loderer anrufen.«
Falk griff in die Innentasche seines Blazers und reichte das Handy

dem Freund. Der hatte inzwischen sein Adressbüchlein aufgeschlagen. Homer drückte die Tasten, hielt das Handy ans Ohr.
»Guten Abend, Doktor. Hier ist Kreitmayer. Ich habe Ihnen versprochen, mich zu melden, wenn ich Neues höre.«
Nachdem er das wenige, das ihm Falk berichtet hatte, weitergegeben hatte, hörte er einen Moment zu. »Interessant, Doktor. Ist doch selbstverständlich. Einen schönen Abend noch.«
Homer gab das Handy zurück.
»Loderer meinte, dass seiner Meinung nach die Nichtsesshaften kaum als Einzelgänger, sondern meist in Begleitung unterwegs sind. Hat dein Kripomensch etwas von einem oder mehreren Begleitern erwähnt?«
»Kein Wort davon. Ich weiß auch nicht, ob der Tote zu den Nichtsesshaften zu zählen ist.«
Homer nahm seine Brille ab, behielt sie in der Hand, ruckte nach vorne und sah Falk an.
»Lukas, was machte der Mann in Firstau? War er allein hier? Wo kam er her? Hat man sein Gepäck gefunden? Wenn er keinen Wohnsitz hatte, musste er doch wohl seine Habe mit sich herumtragen oder?«
Falk schüttelte den Kopf und runzelte die Stirn. Er hatte die Hände auf der Tischplatte gefaltet.
»Homer, ich werde die Spalte erweitern – noch ist Zeit – und diese Fragen stellen.«
Plötzlich beugte er sich näher zu Homer und legte ihm die Hand auf den Unterarm.
»Was ist Lukas?«
»Ist das nicht die Gelegenheit, Homer, in die Fußstapfen des Kommissars Maigret zu treten?«
Mit großen Augen sah Homer den Freund an. »Du meinst ...?«
»Ja, geh dem Fall nach!«
»Du nimmst mich nicht auf den Arm, Lukas?«
»Nein, bestimmt nicht. Ich denke, das wäre eine Möglichkeit, dein Talent als Detektiv zu testen.«
Homer nahm einen langen Schluck, lehnte sich zurück, zündete sich eine Zigarette an.
Falk ließ ihn erst einmal ungestört nachdenken.
Als die Pause ihm zu lange dauerte, hakte er schließlich nach.
»Bringt die Obduktion nichts und die vorläufige Vermutung eines Unfalls wird für die Kripo Fakt, wird wohl die Akte geschlossen. Aber vielleicht findest du etwas heraus, das der Kripo entgangen ist, eine Spur, die die Unfallthese zweifelhaft werden lässt.«

Homer grinste unsicher. »Deine Idee reizt mich, sie reizt mich sogar sehr. Ich denke darüber nach.«

Er sah vor sich hin. Dann sagte er: »Der Doktor wird mir sicher helfen, denke ich, sollte ich Hilfe brauchen. Und du, Lukas?«

»Ich bin dabei. Du bist mein Freund und möglicherweise fällt was ab für meine Zeitung. Also Homer: Detektiv ja oder nein?«

»Lass mich darüber schlafen.«

»Okay. Und bevor ich den Artikel umschreibe, rufe ich noch mal bei der Kripo an oder besser, ich fahre hin. Es könnte ja sein, dass sie mir noch was sagen.«

Falk trank sein Glas leer und suchte mit erhobenem Kopf nach der Bedienung. »Ich mache mich auf die Socken. Ich rufe dich an.«

»*Zieh nur hin, wenn dein Herz dich drängt. Ich kann dich nicht bitten, meinethalben zu bleiben.*«

»Homer senior«, lachte Falk.

»Zieh davon, Lukas. Ich zahle.«

Falk stand auf. »Servus, Homer. Danke.«

»Servus, Lukas.«

Ein lauer Wind war aufgekommen. Der Schlossberg stand jetzt wie ein Scherenschnitt gegen den türkisfarbenen Himmel.

Samstag

Als Homer am Morgen in die Buchhandlung hinunterging, war er noch immer unentschlossen, ob er dem Vorschlag von Lukas, sich als Detektiv zu erproben, folgen sollte. Die Vorstellung war für ihn schon sehr verlockend. Doch sein Verstand sagte ihm, dass das eine Angelegenheit für die Kripo war. Ganz klar, aber ...
Die nächsten Stunden ließen ihm keine Zeit, weiter das Für und Wider abzuwägen. Der Samstagvormittag war die beste Zeit für seine Buchhandlung. Das Glockenspiel an der Tür war fast ständig in Bewegung. Viele seiner Kunden kannte er lange und gut, und so blieb es selten bei einer Beratung oder dem Kauf von Büchern, es kam auch zu einem kurzen Gespräch.

Gegen elf Uhr waren zwei Frauen im Laden. Frau Reichl, die Pfarramtssekretärin von Sankt Paulus, war privat und im Auftrag der Pfarrgemeinde eine sehr gute Kundin. Die andere Frau war ihm nur vom Gesicht her bekannt. Die beiden Frauen plauderten neben einem Ständer mit den neuesten Taschenbuchausgaben. Homer hielt sich in der Nähe auf, stellte Bücher, die auf der Ablage liegen geblieben waren, in das Regal zurück.

Ohne zu lauschen, was die Frauen miteinander redeten, hörte er doch etwas, was ihn seinen Kopf heben und sich umdrehen ließ. Mit einem Buch in der Hand trat er zu den Frauen.

»Entschuldigen Sie bitte, dass ich Sie störe«, sagte er.

»Herr Kreitmayer?« Das runde, gemütliche Gesicht von Frau Reichl wandte sich ihm zu.

»Frau Reichl, es ist gewiss nicht meine Art, die Ohren zu spitzen, wenn sich meine Kunden unterhalten. Doch gerade jetzt habe ich ungewollt was aufgeschnappt. Es betrifft den unbekannten Toten vom Schlossberg.«

Stopp dich Homer, sagte er sich, du sollst zuhören und nicht selber schwatzen.

»Ja, Herr Kreitmayer«, sagte Frau Reichl. »Wir sprachen über den Artikel im »Kreisboten«. Der Tote könnte ein Durchreisender sein. Durchreisende nennen wir diese Menschen bei uns auf dem Pfarramt«, erklärte sie. »Ich habe Frau Eckstein erzählt, dass erst am Donnerstag zwei dieser Durchreisenden bei mir im Büro waren.«

»Was wollen die von Ihnen?«

»Was werden sie wollen, Herr Kreitmayer? Vor allem mal Geld.«

»Und bekommen sie Geld?«

»Nein, wir geben kein Geld.«
»Was dann?«
»Essensmarken, die sie in bestimmten Läden in Firstau einlösen können.«
»Und damit sind sie zufrieden?«
Frau Reichl hob die Schultern. »Sie kommen auf der Tour immer wieder. Allerdings fragen sie jedes Mal erst einmal nach Geld. Das ist schon fast ein Ritual.«
»Frau Reichl, Sie sagten: auf der Tour? Was heißt das?«
»Viele der Durchreisenden gehen regelmäßig auf Tour. Sie sagen, glaube ich, sie sind auf Platte. Sie klappern, wie nach einem Fahrplan, karitative Adressen ab. Pfarrämter, Sozialstationen, Klöster, eben alles, was sie so in Erfahrung bringen.«
»Und am Donnerstag kamen zwei in Ihr Büro?«
»Ja, alte Bekannte: Valentin und der Gentleman.«
Homer sah Frau Reichl fragend an. »Valentin und Gentleman?«
Frau Reichl lachte verlegen. »Ich habe den beiden diese Namen gegeben. Sie sind immer zusammen unterwegs und haben einen Schäferhund dabei, der dem Jüngeren, dem Valentin, gehört, und der hängt sehr an dem Hund.«
Die zweite Frau hob zaghaft ihre Hand. Homer reagierte sofort.
»Frau Eckstein, was kann ich für Sie tun?«
»Ich muss weiter – auf den Markt. Ich möchte fragen, ob Sie den neuen Pilcherroman dahaben, Herr Kreitmayer?«
»Taschenbuch oder Hardcover, Frau Eckstein?«
»Das richtige Buch«, sagte Frau Eckstein und lächelte dabei unsicher.
»Das habe ich hier. Frau Reichl, haben Sie noch einige Minuten Zeit für mich?«
Wenig später verließ Frau Eckstein die Buchhandlung.
Homer kehrte zu Frau Reichl zurück, die inzwischen vor dem hohen Regal links neben dem Schaufenster stand.
»Sie haben den beiden Durchreisenden Namen gegeben, Frau Reichl. Ich vermute mal, dass Sie sich da vom Äußeren leiten ließen. Richtig?«
Frau Reichl nickte. »Der, den ich Gentleman taufte, ist nur seiner Kleidung nach ein Gentleman, weil er nach englischer Art gekleidet ist. Allerdings ist die Kleidung ungepflegt und zum Teil fadenscheinig. Ich nehme an, er hat eine Adresse, woher er diese englische Kleidung bekommt.«
»Eine Zwischenfrage, Frau Reichl, woher kommt Ihr Blick für diese Kleidung?«

»Mein Mann, Herr Kreitmayer, wissen Sie, ist in der Textilbranche tätig, und in vielen Jahren habe ich einiges von ihm gelernt.«
»Und wie sieht der Gentleman aus?«
»Ja, wie gesagt, ich habe ihn nach seiner Kleidung so genannt. Tatsächlich ist er wohl eher das Gegenteil. Er ist mittelgroß, vierschrötig und oft aggressiv. Er hat eine Glatze und hinten fallen ihm die Haare bis weit über den Kragen. Der Valentin ist ein ganz anderer Typ. Es ist mir ein Rätsel, was diese beiden verbindet. Valentin wirkt auf den ersten Blick gepflegt, trotz seines Stoppelbartes. Er hat braune Haare, trägt eine Brille. Er spricht leise, gewählt, scheint mir belesen und ist immer höflich. Ich kenne ihn nur in seinem grauen langen Mantel, mit Jeans und Stiefeln.«
Homer beugte sich vor, als er fragte: »Und – ist er groß oder klein?«
»Valentin ist sehr groß und erschreckend dünn, eine richtige Bohnenstange, wie wir als Kinder sagten.«
»Ich kenne ihn«, sagte Homer schnell.
»Woher?«
»Er kommt ab und zu, vielleicht bevor oder nachdem er bei Ihnen war, zu mir in die Buchhandlung. Ich kann Ihre Beobachtung bestätigen: er ist belesen. Zuerst haben wir uns nur unterhalten und er ist wieder gegangen. Später habe ich ihm machmal ein Reclamheft geschenkt und er scheint darüber glücklich gewesen zu sein. Den Gentleman habe ich allerdings nie gesehen.«
Homer lehnte sich an das Regal und sah Frau Reichl nachdenklich an. »Könnte einer der beiden tatsächlich der Tote sein? Sie haben vorhin diese Vermutung auch geäußert.«
»Ja. Es könnte sein. Im »Kreisboten« stand allerdings keine Beschreibung.«
»Kennen Sie die Namen der beiden?«
»Nein. Sie müssen für die Marken unterschreiben, und was dann dort steht, ist nicht zu entziffern. Aber der Valentin nennt den Gentleman »Lord« und der den Valentin »Hansi«.«
»Wissen Sie, Frau Reichl, ob die beiden ein Standquartier haben?«
»Ja. Ein Männerheim in München, nicht weit weg von der Isar. Meinen Sie, Herr Kreitmayer, ich sollte mich mit der Polizei in Verbindung setzen?«
»Ich denke, ja. Allerdings ist es möglich, dass keiner der beiden der Tote ist. Wissen Sie was, Frau Reichl, ich werde Herrn Falk vom »Kreisboten« sagen, was ich von Ihnen gehört habe. Er hat Verbindungen zur Polizei und kann sich erkundigen, wie der Tote

aussah. Wenn es einer der beiden ist, werde ich Ihnen Nachricht geben.«

»Ja, das wäre gut, Herr Kreitmayer.« Frau Reichl sah auf ihre Armbanduhr. »Oh, schon so spät!« Sie reichte Homer einen Zettel. »Haben Sie dieses Buch da? Meine Tochter hat es sich gewünscht.«

Der letzte Kunde verließ kurz vor dreizehn Uhr die Buchhandlung, und Homer schloss hinter ihm ab. Zunächst ersetzte er ein Buch, das er aus dem Schaufenster heraus verkauft hatte, durch ein anderes. Danach schaltete er den PC ab, an dem er alle lieferbaren Bücher des Barsortimentes abfragen und online bestellen konnte. Dann nahm er den Geldeinsatz aus der Kasse sowie den Stoß Bestellkarten und ging nach hinten in seine Schatzkammer. Bevor er sich setzte, hörte er den Anrufbeantworter ab, machte sich Notizen, überflog die Blätter, die sich im Faxgerät angesammelt hatten.

Eine gute Stunde später hatte er die täglichen Abschlussarbeiten erledigt. Die Geldbombe, die er nachher zur Bank bringen würde, lag neben ihm auf dem Schreibtisch. Er griff zum Telefonhörer, hielt ihn einen Moment in der Hand, während er durch das Fenster zur Au sah. Dann wählte er die Nummer des »Kreisboten«. Die Redaktionssekretärin meldete sich. Kurz darauf hörte er Falks Stimme.

»Hallo, Homer! Wie lief das Geschäft?«

»Ich bin zufrieden. Du, Lukas, gibt es Reaktionen auf die Artikel über Laaser und den Toten vom Schlossberg?«

»Auf beide haben wir eine überraschend lebhafte Resonanz, viele Anrufe und Faxe. In der Mehrzahl sind es Menschen, die Luft über Laaser ablassen. Doch ich glaube, der Tote vom Schlossberg interessiert dich mehr, mein Freund.«

Es blieb kurz still am anderen Ende der Leitung.

»Einige Leute glauben, den Toten gesehen zu haben, obwohl noch keine Beschreibung veröffentlicht ist. Manche meinen auch zu wissen, was er in Firstau wollte. Einige wollen offenbar ihren Frust loswerden. Tenor: Der beste Penner ist ein toter Penner.«

»Anonym, richtig?«

»In solchen Fällen immer, Homer. Wir haben jedenfalls die Anrufe gespeichert und die Faxe gesammelt. Wenn du dich entschließen solltest, dich um den Fall zu kümmern, kannst du alles haben.«

»Noch habe ich mich nicht entschieden.«

»Warum nicht?«

»Ich weiß nicht, Lukas, ob ich da nicht dem Wind nachrenne.«

Homer schwieg, auch Falk sagte nichts.

Dann fragte Homer: »Hast du von der Kripo Neues gehört, Lukas?«
»Auf meine gezielten Fragen wurde mir leider nur vage geantwortet.«
»Gibt es eine Beschreibung des Toten?«
»Ja, die hab' ich. Moment, ich lese sie dir vor. Wo ist denn der Zettel? Augenblick, Homer, er muss hier irgendwo auf meinem Schreibtisch liegen. Wer Ordnung hält, ist nur zu faul zum Suchen, heißt es doch.« Falk schien guter Dinge zu sein. »Hier ist er. Also, hör zu.« Er las vor.
Spontan rief Homer: »Valentin!«
»Wer?«
»Sag ich dir nachher, Lukas. Servus.«
Homer legte auf, sah nachdenklich zum Fenster hinaus, blätterte dann im Telefonbuch und wählte die Nummer von Frau Reichl.

Die Sonne stach vom weißblauen Himmel. Sogar im Schatten unter den Kastanien der Schillerallee war es drückend heiß. Homer zog sein leichtes Jackett aus, warf es über die Schulter und hakte seinen Finger hinein.

Nach der Sparkasse, wo er die Geldbombe einwarf, bog er in den Lenbachweg ein. Etwas später kam er am katholischen Jugendheim vorüber. Der Sportplatz daneben lag verlassen in der flimmernden Hitze. Großzügige Villen lagen links des Weges in weitläufigen Gärten. Der Lenbachweg mündete auf den Max-Joseph-Platz. Hier standen schöne alte Häuser und, von hohen Linden umgeben, die Sankt-Martin-Kapelle. Als Homer näher kam, öffnete sich die Rundbogentür der Kapelle. Homer blieb unter einem der Bäume stehen. Eine Gruppe junger Leute trat in die Sonne heraus und stellte sich am Fuß der Treppe in zwei Reihen auf. Weitere Menschen kamen aus Sankt-Martin und verteilten sich zwanglos auf dem Kiesweg und dem Rasen. Homer sah sich um. Die vielen Autos mit den weißen Schleifen an der Antenne, die rund um den Platz parkten, hätten ihm eigentlich früher auffallen müssen.

Dann erschien das strahlende Brautpaar, blieb vor der dunklen Tür stehen, umgeben vom leuchtend weißen Anstrich der Kapelle. Videokameras wurden vor die Augen genommen, Fotoapparate klickten.

Ein wehmütiger Zug erschien auf Homers Gesicht. Vor knapp zweiundzwanzig Jahren, wie er schnell nachrechnete, hatte er dort als Bräutigam neben seiner soeben angetrauten Frau gestanden. Sie waren ein glückliches Paar, das einige Jahre sein Glück bewahrte.

Als jedoch nach sechs Jahren ihr gemeinsamer Kinderwunsch nicht in Erfüllung ging, begann Claudia sich wieder stärker in ihrem Beruf als Anwältin zu engagieren. Für beide war es schmerzlich, dass ihre Liebe nach und nach verblasste. Es blieben Freundschaft und gute Kameradschaft. Nach neun Jahren ließen sie sich scheiden. Claudia heiratete einen Kollegen, den sie auf einem Kongress kennen gelernt hatte, lebte jetzt in Nürnberg und hatte zwei Kinder. Zu den Geburtstagen und zu Weihnachten schrieben sie sich regelmäßig. Hatte Claudia in München zu tun und ergab es sich, gingen sie miteinander zum Essen.

Das Brautpaar schritt die Stufen hinunter durch das Spalier der Freunde und wurde mit Konfetti und Reis beworfen.

Homer schüttelte seine Erinnerungen ab. »Ich wünsche euch beiden alles erdenkliche Glück und dass ihr es mit beiden Händen festhaltet«, murmelte er.

Er setzte seinen Spaziergang fort, ging die schmale Straße zum Uferweg hinunter und weiter stadtauswärts an der Au entlang.

Vor Homer lag die Reiherhalbinsel, ein beliebter Platz für Angler. Die Landnase, die fast bis zur Flussmitte vorstieß, war mit Birken, Weiden und Büschen bewachsen.

In Richtung zur Stadt zog sich ein dichter Schilfgürtel hin.

Plötzlich hörte er seinen Namen rufen. Er sah sich um.

Im Schatten zweier Birken, mit Blick zum Weg und über das Wasser, saß Loderer auf einer Bank und winkte mit seinem Strohhut. Homer ging hinüber, und die Männer reichten sich die Hände, beide sichtlich erfreut.

»Auch Sie hat wohl das schöne Wetter an die Au gelockt«, begann Loderer.

»Samstags, wenn die Geschäftsarbeiten abgeschlossen sind, gehe ich, wann immer das Wetter es zulässt, regelmäßig spazieren, Doktor.«

»Ich bin nach der Mittagszeit losgelaufen. Friedhof, Schlosspark und dann zur Au. Ich habe die Hitze unterschätzt. Doch etwas erschöpft, habe ich mich hier niedergelassen. Ein romantisches Fleckchen, nicht wahr? Jetzt sitze ich schon länger, als ich eigentlich vorhatte.«

Homer sah den Doktor an. »Wenn Termine keinen Zwang ausüben, sollte man den Augenblick genießen, meine ich.«

»So sehe ich das auch, Herr Kreitmayer. Mich drängt nichts. Erst heute Abend treffe ich mich mit Herrn Michl, um mit ihm zusammen einen jungen Künstler zu besuchen.«

»Michl? Ist das der Direktor vom Bankhaus von Hermann?«
Loderer nickte. »Er ermöglicht immer wieder Künstlern, im Schalterraum der Bank auszustellen. Durch die Bekanntschaft mit ihm profitiere ich hier und da als Sammler.«
»Sammler, Doktor, von was?«
»Ich sammle Grafiken, meist von noch unbekannten Künstlern.« Verschmitzt sah er Homer an. «Wissen Sie, dann ist dieses Steckenpferd nicht gar zu tragisch für den Geldbeutel.«
»Ich verstehe«, ging Homer auf den Ton ein. »Sie sind Kunstspekulant«, scherzte er.
»In gewisser Weise ja, Herr Kreitmayer. Ich rechne schon damit, dass der eine oder andere sich mit der Zeit einen Namen macht und ich damit einen kleinen Schatz zu Hause habe.«
»Gibt es solche Schätze, Doktor?«
Ein Anflug von Stolz stand in Loderers Augen. »Ja. Meine besonderen Glanzstücke stammen von Gregor Maximilian Münch – kennen Sie ihn? Als ich vor Jahren eine Grafikmappe von ihm kaufte, ahnte niemand, dass er in die oberste Künstlerliga aufsteigen würde.«
»Glückwunsch, Doktor.«
Zwei Schlauchboote tauchten auf und trieben in Richtung Firstau. Stimmen und Gelächter drangen herüber. Wenig später waren die Boote schon außer Sichtweite.
Die Unterbrechung nutzte Loderer zu einem Themenwechsel. »Wissen Sie etwas Neues über unseren unbekannten Toten?«
»Er ist nicht mehr ganz so unbekannt, Doktor.«
Hellwach sah Loderer Homer an. »Erzählen Sie bitte.«
Homer begann zu reden. Schließlich fiel ihm selber auf, wie weitschweifig und ausdauernd ihm die Sätze heraussprudelten. Doch Loderer schien ihm aufmerksam zuzuhören. Als er dann zum Ende kam, fragte Loderer: »Weiß die Kriminalpolizei das alles?«
»Ich nehme es an. Frau Reichl wollte die Kripo anrufen.«
Homer warf dem Doktor einen verstohlenen Blick zu.
Er gab sich einen Ruck und sagte: »Herr Falk hat mir einen Floh ins Ohr gesetzt, Doktor. Ich soll dem Fall nachgehen, quasi Detektiv spielen. Was halten Sie davon?«
»Ein ungewöhnlicher Vorschlag, Herr Kreitmayer. Wie kommt Herr Falk dazu?«
»Hu, Doktor, jetzt bringen Sie mich in Verlegenheit.«
»Nur zu, Herr Kreitmayer«, ermunterte ihn Loderer.
»Gut, Doktor, ich werde Ihnen eines meiner geheimen Laster of-

fenbaren. Ich bin Krimifan, und ganz besonders liebe ich Kommissar Maigret.«
»Oh, lieber Herr Kreitmayer, das ist doch wahrlich keine Schande. Schon Kanzler Adenauer hat in seiner Freizeit mit großer Freude Kriminalromane verschlungen. Und jetzt, auf Grund Ihrer Begeisterung für Kommissar Maigret, werden Sie versuchen, den Fall des toten Valentin zu lösen?«

Spontan sprang Homer auf und ging einige Schritte auf das Ufer zu. Er blickte über das dunkle, kaum sichtbar fließende Wasser. In der Nähe ließen sich mehrere Enten treiben. Weiter draußen sah er einige schwimmende Nistkästen.

Er setzte sich wieder neben Loderer. »Noch habe ich mich nicht entschieden, Doktor. Ich zögere. Gibt es denn überhaupt irgendetwas zu ermitteln? Die Leute von der Kripo sind vom Fach. Sie wissen, was zu tun ist. Warum soll ich mich da reinhängen?«

»Herr Kreitmayer, denken Sie an die Worte von Kung Fu Tse …«

»Das ist doch der«, unterbrach ihn Homer, »der weiß, dass es nicht geht, und es doch tut?«

»Genau.« Loderers wasserblauen Augen blinzelten hinter der runden Brille. »Sehen Sie Herr Kreitmayer, Sie haben schon herausgefunden, dass dieser Valentin einen Begleiter hatte, »Gentleman« oder »Lord«, außerdem einen Schäferhund. Glauben Sie, dass die Kriminalpolizei davon vor Ihnen Kenntnis hatte? Wahrscheinlich nicht. Wenn ich mir vergegenwärtige, was wir bisher wissen, kann es ein Unfall gewesen sein, gewiss, aber ebenso auch ein Verbrechen. Reizt Sie das nicht?«

Es war irgendwie komisch, wie Homer zwei Mal mit dem Fuß auf den Boden stampfte. »Das ist es ja, es reizt mich. Aber ist es nicht eine fixe Idee? So etwas zu tun, ist völliges Neuland für mich. Was ist, wenn ich mir, bildlich gesprochen, einen blutigen Kopf hole, mich lächerlich mache?«

»Nehmen Sie sich tatsächlich so ernst, Herr Kreitmayer?« Der Doktor lächelte schelmisch.

»Nein, Doktor, so ernst nehme ich mich nicht. Gut – ich werde versuchen, im Nebel um den toten Valentin zu stochern. Lukas Falk hat versprochen, mir zu helfen, wenn es notwendig wird.«

»*Dir aber stehe ich wahrlich bei und hüte dich helfend*«, sagte Loderer betont feierlich.

Völlig überrascht sah Homer den Doktor an.

»Sie kennen Homer so gut, dass Sie ihn zitieren können, Doktor?«

Loderer sagte fröhlich: »Nicht alleine Sie haben die Lizenz für Homer, mein Lieber.«

»Sie schießen prima aus der Hüfte, Doktor. Aber Moment mal: Beinahe habe ich den Sinn Ihres Zitates überhört ... Sie sind auch dabei?«
»Aber klar, Herr Kreitmayer.«
»Ihm floss von der Zunge die Stimme süßer als Honig.«
Beide Männer lachten laut und völlig ungeniert.
Dann nahm Homer des Doktors Hand und sagte: »Doktor, bitte nennen Sie mich Homer, wie alle meine Freunde.«
»Sehr gerne, Homer.«

Die Straßen waren noch feucht vom Gewitterregen. Der Abendhimmel war klar, die Luft frisch. Homer war zu Fuß unterwegs zu Lukas Falk. Er bog von einer Seitenstraße in die nächste ein. Jetzt sah er das zweistöckige Gebäude des »Kreisboten« vor sich. Vor einigen Jahren hatte Falk die Lagerhalle einer Baustoffhandlung gekauft, umgebaut und Redaktion und Druckerei, bis dahin räumlich getrennt, unter einem Dach vereinigt. Das Haus war weiß gestrichen, hatte große Fenster mit blauen Rahmen und ein leuchtend rotes Ziegeldach. Ebenerdig waren die Druckerei, die Anzeigenannahme und die Redaktion untergebracht. Im ersten Stock befanden sich weitere Büros sowie Falks Wohnung.

Das hohe Hoftor war geschlossen. Homer drückte auf die Klingel. Gleich darauf knackte es in der Sprechanlage und er hörte Falks Stimme.

»Ich erbitte Einlass in Ihr Schloss, oh Herr«, sagte Homer.

Das Tor glitt auf Rollen fast lautlos zur Seite. Er ging über den Hof und stieg die Freitreppe aus glänzendem Stahl hinauf. Oben erwartete ihn der Hausherr in der offenen Tür. Sie gaben sich die Hand. Falk trat zur Seite, und Homer ging an ihm vorbei in den breiten Flur. Die Tür zum Schlafzimmer stand offen. Auf dem französischen Bett lagen zwei helle Kimonos ausgebreitet. Über dem Kopfende des Bettes hing ein großer Spiegel, leicht von der Wand weggeneigt. Homer registrierte heimlich schmunzelnd, dass Falk hinter ihm die Tür leise zuzog. Er betrat den Wohnraum, steuerte direkt die ausladende Ledersitzgruppe an und ließ sich hineinsinken.

Falk blieb in der Tür stehen. »Homer, Bier oder Wein?«

Homer kannte den exquisiten Weinkeller des Freundes. Dort lagerten ausgesuchte italienische Weine sowie Flaschen von einem ausgezeichneten Pfälzer Weingut.

»Hast du Wein offen, Lukas?«
»Hab' ich. Weiß oder rot?«

»Weiß, bitte.«

Falk ging in die Küche.

Homer lehnte sich zurück und schlug die Beine übereinander. Den Wohnraum beherrschte das wandhohe dreieckige Fenster gegenüber der Tür sowie der offene gemauerte Kamin. Die rustikalen Bodenbretter waren durch die zahlreichen Kelims nur an wenigen Stellen zu sehen. Dem Kamin gegenüber befand sich ein raumhohes Regal. Hier standen Bücher, gerahmte Fotografien und einige unterschiedlich große, handbemalte bayerische Löwen aus der Nymphenburger Porzelanmanufaktur.

Falk kehrte mit zwei Gläsern und einer Flasche zurück, setzte sich Homer gegenüber, goss ein, reichte ein Glas über den Tisch. Sie tranken. Das Glas noch in der Hand, sagte Homer: »*Dem ermatteten Mann ist Wein eine kräftige Stärkung.*«

Falk lächelte. »Was hat der ermattete Mann getrieben?«

»Er hat das Licht eines strahlenden Sommertages eingesogen und ist als nasser Pudel in seine Hütte zurückgekehrt.«

Falk zündete sich einen Zigarillo an. Er wusste, dass die genaue Schilderung folgen würde. Und sie kam.

»Am Nachmittag war ich spazieren. Auf der Reiherhalbinsel traf ich zufällig Doktor Loderer. Wir haben uns gut unterhalten. Als ich ihm von deiner Idee erzählte, redete er mir zu und versprach, mir zu helfen. Danach spazierte ich weiter zur Birkeninsel, über die Brücken und in den Auwald. Bis zum Laurentiussee bin ich gekommen. Dort tobten gerade vier fröhliche nackte Nymphen im kühlen Wasser. Ein wahrlich arkadisches Bild, Lukas.«

»Das kann ich mir lebhaft vorstellen, Homer.« Falk grinste.

»Auf dem Rückweg verdüsterte sich der Himmel fast mit jedem Schritt, wurde gelblich grün, und dann schlug das Gewitter los. Ich fand keine Möglichkeit, mich irgendwo zu verkriechen. Also stapfte ich tapfer durch den Regen nach Hause.«

Falk strich sich über die Haare. Er zog an seinem Zigarillo und blies mit gespitzten Lippen langsam den Rauch in Richtung Zimmerdecke. Dann sah er Homer an.

»Nachdem dir der kleine Doktor ebenfalls seine Unterstützung zugesagt hat, hast du nun doch Blut geleckt, um es mal so salopp auszudrücken?«

»Ich hab' geduscht und mich dann mit einem Bier hingesetzt.« Jetzt schlug Homer einen gespreizten Tonfall an. »In diesem Moment begann ich als Detektiv. Eine völlig neue Szene im Spiel meines Lebens.«

Falk wusste, dass Homer damit seine Verlegenheit zu kaschieren versuchte. »Wie sah das aus?«

»Es war gar nicht so einfach. Ich dachte nach, überlegte, wie Maigret vorgehen würde, und holte ein weiteres Bier aus der Küche. Und plötzlich hatte ich einen Ansatzpunkt. Im Telefonbuch suchte ich die Nummer dieses Wohnheimes heraus, in dem die beiden Männer vermutlich gewohnt haben. Ich rief dort an und fragte nach dem »Lord«. Ich kann nicht sagen, dass man mir freundlich entgegenkam. Eher nicht. Aber ich erfuhr dennoch, was ich wissen wollte, ich hatte auf Anhieb tatsächlich das richtige Wohnheim ausfindig gemacht.«

»Und was fängst du mit dieser Erkenntnis an?«

»Weiß ich noch nicht genau. Vielleicht fahre ich morgen hin.«

Falk nahm die Flasche in die Hand, um nachzugießen, als sich die Tür öffnete und eine sehr schöne junge Frau mit schulterlangen braunen Haaren eintrat. Als sie Homer sah, stutzte sie ganz kurz, dann grüßte sie. Falk stellte augenblicklich die Flasche auf den Tisch, erhob sich und ging der Frau entgegen. Sie küssten sich gegenseitig auf die Wangen.

Das also war Renate. Homer sah Falks Freundin zum ersten Mal. Er drückte seine Zigarette im Aschenbecher aus und stand auf.

»Ich mache mich auf den Heimweg«, sagte er.

Im Vorbeigehen nahm er Renates dezentes Parfum wahr.

»Eau de soir«, schoss es ihm durch den Kopf.

Falk brachte ihn bis zur Treppe.

»Liebenswertes verleihen die Götter nicht allen, weder an Wuchs noch Verstand.«

»Das hast du schön gesagt, Homer. Servus dann.«

Homer stieg die Treppe hinunter, überquerte den Hof, vor ihm glitt das Tor auf.

Eine Schönheit, diese Renate, dachte Homer. Falk war nicht nur Liebhaber alles Schönen, er liebte auch besonders das Außergewöhnliche. So hatte es ihm passieren können, dass er sich in ein Callgirl verliebte. Da seine Zuneigung von Renate erwidert wurde, gab sie von einem Tag zum anderen ihre bisherige Tätigkeit auf und nahm ihr früher begonnenes, dann abgebrochenes Jurastudium wieder auf.

Sonntag

Der junge Mann kam die Rolltreppe heruntergesprungen, rannte quer über den Bahnsteig, konnte gerade noch einem Passanten ausweichen und rempelte dann Homer so stark an, dass dieser Mühe hatte, auf den Beinen zu bleiben. Es war ein Reflex als er mit der Hand seine Brille sicherte.

»Na, na«, rief Homer erschrocken.

Der Mann stand jetzt wenige Schritte von ihm weg und sah ihn wütend an. Die U-Bahn verließ gerade den Bahnhof.

»Guter Mann, wenn Sie mir nicht vor die Füße laufen, passiert das nicht!« knurrte er.

Homer war perplex. Unbewusst registrierte er, dass der Mann einen Jeansanzug, ein buntes Hemd und Cowboystiefel trug. Er hatte kurze, blonde Haare, ein hageres Gesicht, war schmal und groß.

»Wenn Sie sich schlecht leiden können, sollten Sie es besser nicht so offen zeigen«, sagte Homer, drehte sich um und marschierte zur Rolltreppe. Warum tue ich mir so etwas an? fragte er sich. Statt zu Hause Flöte zu spielen, Musik zu hören oder zu lesen, fahre ich nach München und lasse mich von so einem Rüpel anmeckern. Er schüttelte den Kopf. »Carpe diem.«

Eine andere Rolltreppe brachte ihn hinauf ans Tageslicht. Er sah sich um: Schräg gegenüber ein Fabrikgebäude, hohe Wohnhäuser rechts und links, deren tristen Eindruck auch die strahlende Sonne nicht zu mildern vermochte. Auf der Straße fuhr nur hier und da ein Auto. Dafür waren beide Seitenstreifen lückenlos zugeparkt. Auf dem ansonsten leeren Bürgersteig kam ihm ein Mann entgegen, der sein Fahrrad schob; offensichtlich, nach der breiten Tasche zu urteilen, die er vorne am Lenker hatte, ein Zeitungsverkäufer. Homer fragte ihn nach dem Männerheim. Stumm zeigte der Mann vage in die Richtung, aus der er kam. Schon nach etwa zweihundert Metern erreichte Homer sein Ziel. Er stand vor einem unansehnlichen Kasten, der sich nicht wesentlich von seiner Umgebung unterschied. Die Fassade war schmutzig grau, an einigen Stellen bröckelte sichtbar der Verputz. Die Fenster erschienen Homer wie traurige, dunkle Augen. Die fünf Steinstufen zum Eingang waren ausgetreten. Das Glasdach über der Tür hatte Sprünge, im hinteren Teil fehlte ein Stück.

Homer musste sich regelrecht einen Ruck geben, um das Gebäude zu betreten. Der Vorraum war von zwei Neonröhren hell erleuchtet und peinlich sauber. Links an der Wand stand eine Holzbank auf dem

Steinboden, auf der ein alter Mann saß, in sich zusammengesunken. Rechts war eine breite Glasscheibe mit rundem Sprechfenster. Dahinter sah Homer einen Mann, der es sich auf seinem Stuhl an einem einfachen Schreibtisch bequem gemacht hatte und Zeitung las.
Homer klopfte an das Glas. Die Reaktion des Zeitungslesers erfolgte in Zeitlupe. Er ließ das Blatt auf den Tisch sinken, hob den Kopf, sah den Störenfried an, erhob sich, als würde es ihn viel Überwindung kosten, und machte die drei Schritte zum Fenster.
»Ja?«
»Guten Morgen«, sagte Homer höflich. »Ich möchte den Lord sprechen.« Er fasste sich kurz, denn er nahm an, dass sein Gegenüber für lange Erklärungen wenig aufgeschlossen war.
»Wer sind's denn überhaupt?«
»Ich?« Homer tat erstaunt.
Der Mann sah mit theatralischen Kopfbewegungen hin und her. »Es steht sonst niemand hier«, sagte er dann.
Ist der Mann ein Witzbold oder einfach nur unverschämt, fragte sich Homer. Allerdings wollte er es auf keinen Fall auf eine verbale Auseinandersetzung ankommen lassen. Das brachte nichts. Also entschied er sich für Höflichkeit. »Mein Name ist Kreitmayer. Ich muss dringend mit dem Lord sprechen.«
Der Mann hinter der Scheibe nickte, als wollte er sagen, warum nicht gleich so. »Zimmer C8, dritter Stock. Sie müssen die Treppe nehmen. Der Lift ist außer Betrieb, und der Zimmerpage hat heute seinen freien Tag.« Er nahm die Lippen auseinander und zeigte, dass ihm einige Zähne fehlten. Er war doch ein Witzbold.
Homer bedankte sich und wandte sich vom Fenster ab. Der alte Mann, der eben noch auf der Bank gesessen war, stand plötzlich vor ihm. Er zog Homer am Arm aus dem Sichtbereich des Pförtners hinter dem Fenster.
»Wenn du was locker machst«, dabei rieb der Alte Daumen und Zeigefinger aneinander, »dann kann ich dir helfen«, nuschelte er. Er roch unangenehm aus dem Mund, und Homer versuchte etwas auf Abstand zu kommen.
»Was ist? Willst du selber hinauf, um mit dem Lord zu quatschen? Das wird nicht einfach, sage ich dir.«
Homer schaute den langen Gang hinunter. Irgendwo krakelten Männerstimmen. Verlockend war das nicht, da stimmte er dem Alten zu.
»Was stellst du dir so als Gage vor?« fragte Homer.
Der Alter trat von einem Bein aufs andere. »Für ein paar Bier sollte

es reichen. Oder nicht?« Er sah Homer mit Hundeblick an. »Ich hab' einen gehörigen Durst.«

Homer überlegte, wie groß das Risiko war, seinen Geldbeutel zu präsentieren. Der Alte konnte ihn wohl kaum übertölpeln. Also gut. Er holte seine lederne Geldbörse heraus, entnahm zehn Mark und reichte den Schein dem Alten. Es kam kein Wort des Dankes, aber die tränenden Augen leuchteten auf.

Dann sagte der Alte: »Warte draußen. Ich schicke den Lord.«

»Wie heißt der Lord?« fragte Homer.

»Soll er dir selber sagen. Ich weiß es nicht.« Er legte den Kopf schief. »Hier hat jeder einen Namen, aber kaum einer seinen richtigen. Das ist ein Haus voller Clowns.«

»Wie ist der Lord? Ich meine, was ist er für ein Typ?«

Der Alte wiegte seinen Oberkörper hin und her.

»Hör ich von dir noch was Vernünftiges, kann ich noch was gegen deinen Durst tun«, lockte Homer. »Aber die Wahrheit bitte. Also?«

»Der Lord ist ein böser Kerl. Wenn ihm was nicht passt, schlägt er schnell zu. Manchmal stört ihn schon die Fliege an der Wand.«

»Er hat wohl wenige Freunde, nehme ich an.«

»Nur einen, den Hansi. Bei dem ist er lammfromm. Auf ihn hört er, und ihn beschützt er.«

»Warum?«

»Das weiß keiner.«

»Mehr kannst du mir nicht sagen?«

»Das ist mehr, als jeder andere gesagt hätte. Der da«, er machte mit dem Kopf eine Bewegung zum Pförtnerfenster hin, »der hätte dir gar nichts gesagt, dieses Walross.«

Homer gab dem Alten den Rest seines Hartgeldes. Und der ließ es blitzartig in seiner Hosentasche verschwinden.

»Also, warte draußen«, sagte der Alte und schlurfte den Gang hinunter.

Seit mehr als zehn Minuten stand Homer im Schatten der Hofeinfahrt gegenüber dem Männerheim. Schon begann er leise zu zweifeln, ob der Alte dem Lord überhaupt Bescheid gesagt hatte. Hatte er doch von einem Haus voller Clowns gesprochen, ergo war er selber einer. Homer hatte ihm gegeben, was er hatte haben wollen und jetzt ließ er wohl den lieben Gott einen guten Mann sein. Noch weitere zehn Minuten, dann würde er zur U-Bahn-Station gehen und nach Hause fahren. Was hätte ihm der Ausflug dann gebracht? Nichts, eine Luftblase. Einen verlorenen Sonntagvormittag.

Ein dicker Mann, an der Leine einen fetten Dackel, spazierte drüben vorüber. Homer fand es drollig, dass Herr und Hund einen ähnlichen Gang hatten. Beide watschelten schwerfällig durch die Hitze.

Aus der Tür des Männerheims kam ein bulliger Mann. Er blieb unter dem Glasdach stehen und sah sich um. Das musste der Lord sein. Homer verglich ihn mit der Beschreibung von Frau Reichl. Doch dass er so ein Brocken von Mann war, damit hatte Homer nicht gerechnet. Sogar über die Entfernung konnte er die breiten Schultern und die muskelbepackten Oberarme unter dem weißen T-Shirt erkennen.

Offenbar hatte der Lord ihn nun in der Toreinfahrt entdeckt. Er stieg die Stufen herunter und kam über die Straße direkt auf ihn zu. Das grobe Gesicht sah alles andere als freundlich aus, wenn auch nicht gerade feindselig. Seine Glatze glänzte von Schweiß.

Wollte der Kerl ihn umrammen? Erst unmittelbar vor Homer blieb der Lord stehen. Fast berührten sie sich. Der Lord war nur wenig größer als Homer. Seine kleinen dunklen Augen funkelten. Homer wich dem Blick nicht aus, sondern starrte beharrlich zurück.

»Der Schnorrer hat gesagt, du willst mit mir reden.«

»Richtig, Lord.«

Das Funkeln in den Augen verstärkte sich. »Woher weißt du meinen Namen?«

Homer hob die Schultern. Jetzt wurden die dunklen Augen böse. Der Lord war unsicher. Homer ahnte, dass dies ihn wütend machte und vielleicht auch gefährlich.

»Es geht um Hansi«, sagte Homer.

Plötzlich ging alles ganz schnell. Homer blieb keine Zeit zum Reagieren. Kurz sah er das Aufblitzen in den Augen, und schon packte ihn die kräftige Faust an der Brust. Der Lord schob ihn unsanft an die Hauswand und presste ihn dagegen. »Du dreckiger Schnüffler! Was willst du von mir?«, brüllte er.

Homers Blick flog zur Straße und in den grauen Hinterhof. »Müssen Sie die Nachbarn zusammenschreien, Lord?« fragte er und hoffte, der Lord würde das Zittern in seiner Stimme nicht bemerken.

»Ich schreie, so lange ich will«, zischte der Lord.

Gleichzeitig nahm der Druck zu. Der Kerl wollte ihm wohl den Brustkorb eindrücken. Für Homer begann es ungemütlich zu werden. Er musste was tun. Sein Gefühl sagte ihm, dass er bestimmt und streng auftreten musste, um den Lord vielleicht in den Griff zu bekommen.

»Beruhigen Sie sich!«

»Bist du ein Bulle?«
»Sehe ich so aus?«
Homer legte seine Hände um die stark behaarten Unterarme des Mannes, packte zu und schob den Lord von sich. Und tatsächlich, der Lord ließ sich das gefallen. Homer sah Staunen in den Augen, meinte sogar einen Anflug von Respekt zu erkennen.
»Nun wollen wir mal vernünftig sein, ja? Ich möchte mich nur in Ruhe mit Ihnen unterhalten.«
»Warum?«
»Ich werde es Ihnen sagen, wenn Sie nicht wieder ausrasten.« Diesmal kam Homer einer aggressiven Reaktion zuvor. »Ruhig, Lord«, sagte er mit schneidender Schärfe.
Jetzt war Homer mehr als überrascht. Der Blick des Mannes irrte herum, er ließ die Arme herunterhängen. Was war das? »Kennen Sie ein Wirtshaus in der Nähe?« fragte er schnell.
Der Lord nickte.
»Also gehen wir.« Homer wandte sich ab. Der Lord rührte sich nicht.
»Kommen Sie! Ich lade Sie ein.«

Das Wirtshaus, das sie betraten, der Lord vorneweg, hätte Homer niemals von sich aus betreten. Erst beim näheren Hinsehen zählte es wohl doch nicht zur untersten Kategorie. Irgendwer hatte mal gesagt, so reinlich wie die Toilette schaut auch die Küche aus. Bevor er hier etwas essen würde, müsste er sich vorher die Toilette ansehen.
Der Wirt hockte hinter der Theke auf einem Stuhl und döste vor sich hin. Am Stammtisch spielten ältere Männer Schafkopf. Weiter hinten las ein Mann in der Sonntagszeitung.
Homer und der Lord setzten sich an einen Tisch am Fenster. Überraschend schnell kam der Wirt.
»Zwei halbe Bier. Zwei Fleischpflanzl mit viel Senf, süßem«, sagte der Lord.
Homer orderte ein Bier.
Mit dem ersten Glas machte der Lord kurzen Prozess. Binnen Sekunden verschwand der Gerstensaft hinter den dicken Lippen. Homer, der fasziniert zusah, hatte den Eindruck, dass der Lord gerade noch einen kräftigen Rülpser unterdrückte, als er das leere Glas mitten auf den groben Holztisch stellte. Dann nahm er sich von dem einfachen Teller ein Fleischpflanzl, tunkte es in den Senf, biss hinein und begann zu kauen. Er wirkte jetzt ruhig, ja zufrieden. Doch Homer ließ sich dadurch nicht täuschen. Während des genüsslichen

Mampfens, immer wieder von einem Schmatzgeräusch begleitet, stützte der Lord seine Ellenbogen auf die Tischplatte.
»Ich weiß, dass Sie Lord genannt werden«, begann Homer. »Wie heißen Sie richtig?«
Dem prall gefüllten Mund entstieg ein Geräusch, das wie ein Grunzen klang.
»Sie brauchen nicht zu schlingen. Wir haben Zeit.« Homer zog die Mundwinkel hoch, deutete damit Lässigkeit an. Siehe da, ein Grinsen kam zurück.
Homer zündete sich eine Zigarette an. Höflich zu fragen war hier völlig fehl am Platz. Der Lord würde so eine Frage wohl gar nicht verstehen. Den letzten Bissen spülte er gerade mit dem Inhalt des zweiten Glases hinunter. Dann rief er zur Theke hinüber: »Noch ein Bier!«
»Vogel Berthold.« Zähnefletschend sah er Homer an. »Ich habe deine Frage nicht vergessen. Wie heißt du?«
»Kreitmayer Albert.«
»Albert, sag Berthold oder Bert zu mir. Du bist nämlich keiner von uns. Nur Kumpels dürfen Lord zu mir sagen.«
»Hast du denn Kumpels, Berthold?« Zu blöd! Seine Zunge war wieder einmal schneller als sein Kopf gewesen.
Sofort reagierte Vogel, packte Homer am Arm. »Wer zweifelt daran?«
»Ich, Berthold. Ist nicht Hansi dein einziger Kumpel?«
»Nein!« widersprach der Lord so laut, dass der Wirt und die Gäste herübersahen.
»Nein?«
»Hansi ist mein Freund.«
»Ist für dich ein Freund mehr als ein Kumpel?«
»Na sicher.« Vogel hob den Kopf leicht an.
»Warum ist Hansi dein Freund?«
»Er nimmt mich ernst, verstehst du?« kam die Antwort prompt. »Du bist so und ich bin so, hat er gesagt.«
»Erzählst du mir etwas über Hansi?«
Jetzt stellte der Lord die Frage, auf die Homer schon längst gewartet hatte.
»Sag mal, warum fragst du so nach Hansi?«
»Ich kenne ihn.«
»Du kennst ihn? Woher? Von früher?«
»Ich habe eine Buchhandlung in Firstau. Hansi war einige Male bei mir.«

»Firstau?« Der Lord dachte nach. »Stimmt. Hansi interessiert sich für Bücher.«
»Ja, das bestätige ich voll und ganz.«
»Hansi ist klug. Was er alles weiß, sag ich dir! Was der im Kopf behält! Manchmal liest er mir vor. Aber meist verstehe ich gar nichts. Hab' oft ein Sieb im Kopf.«
Vom aggressiven Lord war nichts mehr da. Da hockte jetzt ein unglückliches großes Kind. Vogel trank sein noch halb gefülltes Glas mit einem Zug leer. Dann sah er Homer wieder misstrauisch an.
»Warum kommst du aus Firstau hierher und willst mit mir sprechen, Albert?«
»Berthold.« Jetzt musste Homer Farbe bekennen.
»Ja?«
»Was ich dir jetzt sage, darfst du mir nicht persönlich übel nehmen. Versprichst du mir das?«
Die Antwort war ein Brummen. In Vogels Gesicht stand blanke Angst.
»Hansi ist tot, Berthold«, sagte Homer ganz leise.
Vogels Augen wurden trüb. Er schüttelte den Kopf. Dann fing er tonlos zu weinen an. Plötzlich ließ er seinen Kopf auf den Tisch sinken, legte seine großen Hände auf die fettigen langen Haare. Er schluchzte vor sich hin, sein Körper zuckte.
Eine Weile ließ ihn Homer gewähren, überrascht von der starken emotionalen Reaktion des Lords. Er musste den Hansi wirklich geliebt haben.
Sachte legte er seine Hand auf die starke Schulter als er meinte, dass sich Vogel etwas beruhigt hatte. Er wusste, dass das ein Risiko war, aber irgendwie tat ihm der Mann jetzt Leid.
Vogel hob den Kopf und wandte ihm sein Gesicht zu. Die Augen waren rot, leicht geschwollen und immer noch rollten Tränen. Er schniefte. Homer reichte ihm ein Papiertaschentuch. Vogel schnäuzte sich lautstark.
»Es tut mir sehr Leid, Berthold«, sagte Homer vorsichtig.
Die Tränen rannen weiter.
»Die Polizei glaubt an einen Unfall. Ich glaube es nicht. Ich will wissen, was mit Hansi passiert ist. Ich bin sicher, du kannst mir helfen. Kannst du es?«
»Wie denn?«
»Bist du am Donnerstag zusammen mit Hansi in Firstau gewesen?«
»Ja.« Vogel glotzte vor sich hin.

Homer zündete sich die nächste Zigarette an und übte sich in Geduld.

»Am Donnerstag waren wir in Firstau«, sagte Vogel endlich. »Es war ein ganz komischer Tag.«

Homer zog seine Augenbrauen in die Höhe. Vogel sah ihn an, immer noch mit Tränen in den Augen.

»Hansi fühlte sich den ganzen Tag über mies. Wieder einmal hatte er dunkle Gedanken.«

»Wie war er dann?«

»Er redete kaum, und wenn, sagte er seltsame Sachen.«

»Zum Beispiel?«

»Jeder von uns ist eine winzige Insel im weiten unübersehbaren Ozean des Lebens. Seltsam, nicht wahr? An einem abgestorbenen Baum, den sonst niemand beachtet, blieb er stehen und sah ihn lange an. Was ist, Hansi, fragte ich. – Dieser Baum, Lord, ist ein Mirakel. Immer geht etwas zu Ende, stirbt. Ein braunes Blatt, eine verwelkte Blume, dürres Gras, ein toter Baum. – Wenn er solche Sachen sagte, fühlte ich mich dumm. Ich verstand ihn nicht.« In den kleinen Augen glänzten die Tränen.

»Du hast vorhin gesagt, der Hansi ist klug. Ich denke, das stimmt. Erzähle jetzt bitte weiter, Berthold.«

»Der Tag war heiß gewesen, mindestens so wie heute. Am Abend stiegen wir rechtschaffen müde zum Schloss hinauf. Du weißt, seitlich vom Schlosspark steht ein Turm. Ein paar Meter weg ist eine Bank, auf die wir uns setzten. Wir hatten zu essen und auch reichlich zu trinken. Für »Hund« – so heißt Hansis Schäferhund – hatten wir sogar Knochen. Irgendwann gingen uns dann die Zigaretten aus. Das war nicht weiter schlimm, denn ich wusste von einem Automaten in einer dunklen Gasse.«

In seinen feuchten Augen blitzte ganz kurz so etwas wie Stolz auf.

»Ich bin Fachmann für Zigarettenautomaten, du verstehst? Das Unternehmen zog sich doch etwas länger hin. Aus dem nahen Pub kamen immer wieder Leute.« Mit dem Handrücken fuhr er sich über die Augen. »Als ich zur Bank zurückkam, war Hansi weg. Hund jaulte leise vor sich hin und zerrte an seiner Leine. Ich dachte, vielleicht ist Hansi mal in die nahen Büsche verschwunden. Ich rief laut nach ihm. Plötzlich sprang der Motor des Autos an, an dem ich gerade vorbeigegangen war, und ohne Licht rollte es die Straße hinunter. Hund fing zu bellen an. Als ich mich zu ihm umdrehte, rannte mich beinahe ein Mann um. Er hetzte den Weg hinunter. Ich glaube, er rannte dem Auto nach.«

Vogel sah zur Decke hinauf, schüttelte den Kopf. »Hier ging was vor, was ich nicht verstand. Ich wusste nicht, was ich tun sollte, stand herum wie an die Stelle genagelt. Plötzlich hab ich gezittert wie Espenlaub. In meinem Kopf fing es an, sich zu drehen. Ich machte Hund los, behielt ihn an der Leine eng bei mir. Immer wieder rief ich nach Hansi. Aber es kam keine Antwort. Drüben am Turm schienen Schatten herumzuschleichen. Ich bekam fürchterlich Schiss. So schnell es ging, raffte ich unsere Sachen zusammen und haute ab.«

»Du hast nicht weiter nach Hansi gesucht, Berthold?«

Die Frage war Vogel offensichtlich unangenehm.

»Nein. Ich hatte nur noch Angst«, sagte er kleinlaut. »Auf dem Weg zum Bahnhof hab' ich an eine Hauswand gekotzt. So schlecht ging es mir.«

»Ich glaube, ich kann dir nachfühlen«, sagte Homer.

Vogel sah ihn misstrauisch an. »Wirklich?«

»Darf ich dir noch ein paar Fragen stellen?«

»Was für Fragen?« Vogel hielt das leere Bierglas in der Hand.

»Was war das für ein Auto, Berthold?«

»Ein großes dunkles Ding. Vielleicht schwarz oder dunkelblau.«

»Nach der Autonummer zu fragen ...«

»Sag mal, spinnst du! Es war dunkel. Das bisschen Mond und die wenigen entfernten Lichter reichten gerade aus, sich zurechtzufinden. Und ich lerne auch keine Autonummern auswendig. Für was?«

»Nimm es mir nicht übel, Berthold. Ich frage nur, was mir so einfällt. Die Person im Auto? Auch Fehlanzeige, oder?«

»Du musst mir glauben, ich hab' auf das Auto überhaupt nicht geachtet, als ich an ihm vorbei bin.«

»Über den Mann, der dich beinahe umrannte, kannst du mir über den noch was sagen?«

»Du, wenn ich daran denke, bin ich nicht einmal hundertprozentig sicher, dass es ein Mann war. Was da aus der Nacht gesaust kam, war eigentlich nur ein Schatten. Ich kann nur sagen, er muss gut in Form gewesen sein.«

»Wie kommst du darauf?«

»Er war sehr schnell, weißt du.«

»Wo ist Hansis Hund?«

»Ich hab ihn ins Tierheim gebracht.«

»Warum?«

»Was soll ich mit ihm? Ich hab' ihn immer ins Tierheim gebracht, wenn Hansi nicht da war.«

»Was heißt das?«

»Hansi ist immer wieder einmal für Tage irgendwohin abgehauen, einfach so.«
»Gab es dafür einen Grund?«
Vogel zuckte mit den Schultern.
»Wie heißt eigentlich der Hansi?«
»Huber – Hans Huber.«
»Seit wann kennt ihr euch?«
»Jahre.« Vogel fuhr mit einer Hand in der Luft herum. »Ich kann sie nicht mehr zählen.«
Der Wirt trat an den Tisch. Er hatte wohl Vogels Handbewegung als Zeichen gedeutet.
»Bring mir noch ein Bier.«
»Mir bitte auch noch eins«, sagte Homer. »Wie hast du Hansi kennen gelernt?«
»Er saß auf einer Bank an der Isar. Er heulte. Ein regelrechtes Häufchen Elend. Ich setzte mich zu ihm, teilte mit ihm die Bierdosen, die ich in einem Plastikbeutel dabei hatte.«
»Einfach so?«
»Was?«
»Du hast dich einfach zu einem Fremden gesetzt und mit ihm dein Bier geteilt?«
»Seh ich so aus?« Zum ersten Mal flog ein leises Lächeln über Lords Gesicht. »Hansi war sehr gut gekleidet. Allein seine Schuhe hatten sicher mehrere Hundert Mark gekostet. Ich wusste, der Typ war angeschlagen. Vielleicht gab es eine Chance, ihn um sein Geld zu erleichtern.«
»Das ist aber nicht die feine Art, Berthold.«
»Rede keinen Stuss. So ist das Mal. Und es ist auch gar nicht dazu gekommen. Hansi hat sich als guter Kumpel erwiesen. Noch auf der Bank hat er mir erzählt, dass seine Firma ihn zwei Monate vorher entlassen hatte. Irgendein großer Auftrag war geplatzt. Hansi war Ingenieur. Und jetzt, an diesem Tag, hatte ihn seine Frau verlassen, war zu ihrem Liebhaber gezogen.«
Vogel hob sein Glas und trank. Homer tat es ihm nach und zündete sich eine Zigarette an.
»Und?«
»Hansi war vom Bier und seiner Traurigkeit total besoffen. Ich hab' ihn ins Heim mitgenommen. Am nächsten Tag hat er alle Kontakte aufgelöst und sein Auto verkauft. Einige Monate hatten wir eine schöne Zeit. Als das Geld zu Ende ging, war Hansi längst einer von uns. Aber er hat den Schlag nie verkraftet. Oft ging es ihm gar nicht

gut. Auch der Alkohol hat ihm nicht geholfen. Der Suff hat ihn noch trauriger gemacht. Wir sind dann immer losgezogen. Auf Platte ging es ihm besser.«»Der Lord sah Homer an. Wieder standen ihm Tränen in den Augen. »Was tust du, wenn du traurig bist, Albert?«
Homer war echt überrascht von dieser Frage. »Ich spiele Flöte oder lese einen Gesang von Homer und dann geht es wieder.«
»Ich verstehe dich nicht – egal. Ich saufe. Mir hilft das.« Wie zum Beweis schüttete er sein Bier auf einmal hinunter.
Homer griff in seine Jackentasche. Er gab Vogel seine Visitenkarte.
»Was soll ich damit?«
»Vielleicht besuchst du mich mal. Oder du rufst mich an, wenn dir noch irgendwas einfällt.«
»Was soll mir noch einfallen?«
»Wer weiß?«

Über Feldwege radelte Homer hinaus zum Segelflughafen von Firstau. Am Rande des Parkplatzes, auf dem Auto an Auto stand, stellte er sein Fahrrad neben vielen anderen ab. Er ging hinüber zum Hangar, an dem rot gestrichenen Holzgebäude vorbei bis vor zur Absperrung. Zwischen Hangar und Flugfeld waren Bänke aufgestellt, auf denen die Besucher dicht an dicht saßen. Hinter der Absperrung lag ein weißes Segelflugzeug, auf einen Flügel abgestützt. Auf einem niedrigen Podium gleich daneben standen zwei Männer, Werik, der Vorsitzende des Aeroklubs, und Grüner, der Landrat. Grüner hatte kurz zuvor das Mikrofon übernommen. Er hielt mit salbungsvoller Stimme und dick aufgetragenen Worten die Taufrede auf das neue Segelflugzeug.

Homer hörte sich den Sermon an und dachte: »*Maßloser Schwätzer, wenngleich ein tönender Redner, schweig, denn so erbärmlich wie du, sage ich, ist keiner der anderen Sterblichen.*«

Endlich kam Grüner zum Ende. Der Applaus war höflich, zurückhaltend. Einige Männer schafften das Podium weg. Eine Musikkapelle begann zu spielen.

Homer sah Lukas Falk auf sich zukommen.

»Du hast dich angeregt mit Grüner unterhalten«, stichelte Homer.

Sie lehnten nebeneinander an der Absperrung.

»Nicht aus Zuneigung, da sei sicher, Homer.«

Homer zündete sich eine Zigarette an.

»Wie war dein Ausflug nach München? Am Telefon hast du dich recht geheimnisvoll gegeben«, sagte Falk.

»Du musst von geheimnisvoll reden! Als ich dich nach neuen Infos von der Kripo fragte, hast du auch nicht gerade geplaudert.«

Falk zog ein skeptisches Gesicht. »Ich wollte erst einmal hören, wie es in München gelaufen ist. Was ich erfahren habe, und was morgen in einem Pressebericht der Kripo stehen wird, ist wohl, denke ich, das Ende unseres Detektivspiels.«

Homer zog an seiner Zigarette und stieß den Rauch in die Luft.

»Die Obduktion des Toten fand bereits am Freitag statt. Hauptsächliches Ergebnis: Er starb an einem Schädelbruch. Den erlitt er offenbar beim Sturz den Hang hinunter, als er gegen einen Baum prallte. Außerdem war er stark alkoholisiert. Die Ermittlungen ergaben bislang keine Hinweise auf ein Fremdverschulden. Alles spricht für einen Unfall.« Falk sah Homer an, so, als wolle er dessen Reaktion prüfen. »Und, Homer?«

»Ich glaube nicht, dass es ein Unfall war«, sagte Homer. In Falks Ohren klang das trotzig.

»Hast du diese Überzeugung aus München mitgebracht?«

Homer nickte. »Lukas, dieser Hansi Huber ist nicht nur so im Suff über die Schlossmauer gefallen.«

»Hansi Huber?«

»So heißt der Tote.«

»Du hast tatsächlich seinen Begleiter gefunden und mit ihm geredet?«

Irgendwie triumphierend grinste Homer den Freund an.

»Berthold Vogel heißt der Mann. Ob er mir tatsächlich alles gesagt hat, der Schlawiner, da bin ich nicht ganz sicher. Aber was er gesagt hat, hat logisch geklungen und lässt mich an einem Unfall stark zweifeln.«

Homer gab Falk eine Zusammenfassung des Treffens mit »Lord« Berthold Vogel.

»Können seine Tränen nicht auch Ausdruck seiner Gewissensbisse gewesen sein? Immerhin hat er doch seinen Kumpel im Stich gelassen.«

»Auch«, gab Homer zu. »Aber der Hansi war sein Freund, seine einzige Bezugsperson, so weit ich das sagen kann. Er hat ehrlich seinen Verlust beweint, meine ich.«

Zwei Männer kletterten in das Cockpit des neuen Segelflugzeuges. Sie schlossen die Plexiglaskuppel. Der Segler wurde zum Start geschoben. Kurz darauf zog das Seil an, das Flugzeug begann zu gleiten. Man hörte das scharfe Rauschen, mit dem die flachen Flügel durch die Luft schnitten. Steil wurde der elegante weiße Vogel in die

Höhe gezogen. Als der Flieger die erste Runde über den Platz zog, applaudierten die zahlreichen Zuschauer mit zum Himmel gewandten Gesichtern.

»Was ging in der Nacht am Wasserturm vor sich, Homer?« fragte Falk.

Homer hob seine Schultern. »Der Mann, der am Lord vorbeigerannt ist, kann nur aus dem Schlosspark gekommen sein. Woher sonst?«

»Gehen wir mal davon aus, dass dieser Läufer und der Fahrer des Wagens zusammen gehören. Schade, das der Lord nichts Genaues über das Auto sagen kann.«

»Lukas, wer achtet normalerweise schon auf so etwas? Und der Lord war alles andere als nüchtern.«

»Zum Automatenknacken langte es immerhin. Aber egal. Frage ist: Hat der Hansi etwas gesehen oder erlauscht, was nicht für ihn bestimmt war?«

»Wie kommst du darauf?«

»Du, das ist nur Spekulation. Es kam mir so in den Sinn.«

Homer sah Falk an. »Faszinierend: Wurde Hansi mundtot gemacht, so war es Mord, Lukas.«

»Versteigen wir uns nicht zu schnell in eine gewagte Theorie!«

»Wollen wir weiter kommen, müssen wir vorerst davon ausgehen, dass zumindest etwas Ungewöhnliches vorgefallen ist. Hansi wartet auf seinen Freund, hat seinen Hund neben sich. Als der Lord zurückkommt, ist er weg und der Hund noch da. Ich nehme mal an, der Hansi liegt zu dieser Zeit bereits am Fuß des Schlossberges. Und bedenke, die Schlossmauer ist von der Bank, auf der er saß, mehr als zweihundert Meter entfernt. Wie kam er dorthin? Und warum? Wurde er gezwungen mitzukommen? Ist er jemandem gefolgt und wurde ertappt? Wie auch immer, im Moment müssen wir mit Spekulationen jonglieren.«

»Also jonglieren wir mal weiter. Was macht zu dieser späten Stunde eine eher auffällige Limousine an solch einsamem Ort? Dazu fällt mir ad hoc nichts ein.«

»Ergo bleibt noch die Örtlichkeit. Vielleicht finden wir hier einen Hinweis? Hast du die Umgebung des Wasserturms bildhaft vor dir, Lukas?«

»Ich denke schon. Der Wasserturm steht seit vielen Jahren leer. Daran vorbei führt der Weg zur Schlossparkpforte. Da fällt mir ein: Ist die nachts offen? – Weißt du auch nicht. – Das lässt sich aber relativ leicht klären. Weiter: Nahe der Pforte steht das so genannte Dichterhaus, in dem die Schlossverwaltung untergebracht ist. In dem Haus wohnt niemand. Zur anderen Seite: Hinter dem Turm beginnt der Biergarten des Schlossbräu. Das Wirtshaus steht tiefer am Hang. Die Entfernung beträgt vielleicht sechzig Meter, richtig, Homer?«

»Ja«, sagte Homer. »Der Lord hat von Gästen des Pilspub gesprochen. Also können wir davon ausgehen, dass auch der Schlossbräu noch offen hatte. Ob man dort etwas mitbekommen hat, ist fraglich, aber zu eruieren.«

»Die Gäste des Schlossbräu haben genügend Parkmöglichkeiten, vor der Gaststätte und vor der Brauerei. Ich kann mir nicht vorstellen, dass jemand auf die Idee kommt, seinen Wagen in dem engen dunklen Weg abzustellen.«

Falks Blick verfolgte den Segelflieger, der über den Wald und die Straße kam und zur Landung ansetzte.

»Zwischen Schlossbräu-Gaststätte und Brauerei verläuft die Schlossstraße hinunter zum Kirchplatz. Auf der anderen Seite des Wasserturms stehen Villen mit großen Gärten am Hang. Wenn ich mich richtig erinnere, verläuft über dem Hang ein Zaun, und dahinter fällt das Gelände erst einmal steil ab. Dann kommt ein Haus, von dem von oben nur das Dach zu sehen ist.«

»Fazit, Lukas, die Umgebung bringt uns auf den ersten Blick auch keinen Fingerzeig.«

»Wir müssen im Schlossbräu nachfragen sowie feststellen, ob die Schlossparkpforte am Abend verschlossen wird. Das erledige ich. Und für die morgige Ausgabe schreibe ich einen Artikel, in dem ich ein wenig auf den Putz haue. Ich werde den unbekannten Begleiter des Toten als Zeugen schildern. Was hältst du von dieser Idee, Homer?«

»Prima. Vielleicht provoziert das Reaktionen.«

Falk sah sich um. »Aha, großer allgemeiner Aufbruch. Ich fahre dann auch. Kann ich dich mitnehmen, Homer?«

»Ich bin mit dem Radl da.«

Montag

»Was sah der 2. Mann?« lautete die halbfette Headline in Schriftgröße vierundzwanzig Punkt. Den Artikel hatte Falk auf der ersten Seite des »Kreisboten« platziert.

Homer las den Text beim Frühstück. Falk stellte den Aussagen der Kriminalpolizei die Punkte gegenüber, auf die es bislang keine Antworten gab. Er ließ durchklingen, dass er nicht an einen Unfall glaubte und weitere kritische Fragen in petto hatte.

Homer stand vom Tisch auf und ging hinüber ins Schlafzimmer. Er stellte sich ans offene Fenster und blickte zur Villa Aumüller. Schräg gegenüber kletterte soeben ein Schornsteinfeger auf das Dach des Nachbarhauses und balancierte auf den Kamin zu. Nur für Momente folgten Homers Augen dem schwarzen Mann, um dann wieder zur Villa zurückzukehren.

Die Vorhänge des Fensters, das er beobachtete, wurden zurückgezogen und das Fenster geöffnet. Homers Gesicht begann zu strahlen, seine Augen glänzten. Er fühlte, wie ihn eine warme, wonnige Welle durchströmte. Eine schlanke, blonde Frau in einem blauen Männerhemd stützte ihre Hände leicht auf die Fensterbank und schaute in den Garten hinunter. Dann richtete sie sich auf, legte ihre Hände hinter den Kopf und reckte sich. Homer bildete sich ein, dass sie ihn dabei ansah und lächelte.

Die Frau wandte sich ab. Auf dem Weg zurück in den Raum streifte sie im Gehen das Hemd über den Kopf und verließ Homers Sichtfeld.

»*Oh, Biggi*«, murmelte Homer »*Welch großes Wunder erblickte ich da mit den Augen.*« In seinem Kopf liefen die Traumbilder ab, die er immer wieder träumte. Er liebte Biggi Aumüller. Sein Herz tat ihm wunderbar weh vor Sehnsucht. Er schloss das Fenster. »Was für ein schöner Morgen«, sagte er laut und kehrte in die Küche zurück.

Gerade wollte er das Radio abschalten, da brach die Musik ab. Die Hand am Knopf, hielt er inne.

»Radio Au. Wir unterbrechen, um Ihnen, liebe Hörerinnen und Hörer, zwei Meldungen zu verlesen: Das Fehlverhalten eines zweiundsiebzigjährigen Arztes hatte heute Früh den Tod von drei Menschen zur Folge. Der im Ruhestand lebende Chirurg war mit seinem Wagen auf der Ortsumgehung von Firstau auf der falschen Fahrbahn unterwegs und stieß frontal mit einem Taxi zusammen. Der Geisterfahrer und die beiden Insassen des Taxis waren auf der Stelle tot. Die Ortsumgehung in Richtung Osten ist zur Stunde noch immer gesperrt.«

Kurze Pause.
»Der Tote, der am vergangenen Freitagmorgen am Schlossberg gefunden wurde, ist identifiziert. Die Kriminalpolizei hat eine Presseerklärung veröffentlicht. Daraus geht hervor, dass der Mann Hans Huber hieß und ohne festen Wohnsitz war. Die Obduktion ergab, dass er an einem Schädelbruch starb, den er sich bei einem Sturz von der Schlossmauer zuzog. Hinweise auf Fremdverschulden gibt es nicht. Die Staatsanwaltschaft wird vorraussichtlich noch in dieser Woche die Akten schließen, wurde uns auf Anfrage mitgeteilt.«
Kurze Pause.
Musik erklang.
Homer drückte den Knopf. »Ignoranten«, brummte er und verspürte einen Anflug von Zorn.
Im Flur nahm er den Telefonhörer ab und wählte Falks Büronummer. Doch Falk war unterwegs, wie seine Sekretärin sagte. Sie versprach seinen Rückruf. Nach einem Blick auf seine Uhr verzichtete Homer auf einen Versuch über die Handynummer.

Es war wenige Minuten nach zwölf. Gerade hatte Homer die Ladentür abgeschlossen. Als er sein Büro betrat, klingelte das Telefon.
»Buchhandlung Homer & Freunde. Kreitmayer. Guten Tag.«
»Bist du es, Albert?«
»Ja.« Homer war perplex. Der Lord! Was wollte der? War ihm doch noch etwas eingefallen? »Du weißt, wer ich bin?«
»Klar, Berthold. Ich bin überrascht und freue mich. Was gibt es?«
»Rate mal, von wo aus ich dich anrufe?«
Homer meinte das Feixen des Lords geradezu zu hören. Er versuchte auf die Schnelle die Hintergrundgeräusche zu analysieren. Aber da war nicht viel. Spekulativ tippte er das Unwahrscheinlichste. »Vom Flughafen, Berthold.«
Für einen Moment war es still in der Leitung. Offenbar hatte es dem Lord die Stimme verschlagen.
»Du verdammter Hundling. Verdirbst einem aber auch den besten Spaß. Wie hast du es erkannt?«
»Gar nicht, Berthold. Ich habe geraten. Gleichwohl staune ich nicht schlecht. Was tust du am Flughafen?«
Der Lord lachte so laut, dass es Homer in den Ohren dröhnte. Der Kerl ist nüchtern, schoss es Homer durch den Kopf. Überraschung Nummer zwei.
»Mann, ist dieser Apparat gefräßig! Der schluckt mein Geld weg

wie nichts. Ich muss es kurz machen. Albert, in einer Stunde geht mein Flieger!« Bumm! Überraschung Nummer drei.
»Jetzt bin ich platt, Berthold.«
Wieder sein aufgekratztes Lachen. Der Lord war offensichtlich so richtig gut drauf. Er beruhigte sich jedoch schnell. »Heute Morgen bekam ich Besuch, Albert. Der Besuch drückte mir einen Packen Geld in die Hand. Bedingung dafür war, dass ich unverzüglich verschwinde. Und das tue ich jetzt.«
»Wohin fliegst du, Berthold?«
»Bin ich so blöd, es dir zu sagen? Gen Süden, mehr sag ich nicht.«
»Von wem hast du das Geld?«
»Das ist mir völlig scheißegal, Albert.«
»Und warum sollst du verschwinden?«
»Auch das ist mir wurscht. Ich hab nicht lange gefragt wie du jetzt, sondern einfach das Geld genommen. Aber ich glaube, es hat mit Hansi zu tun.«
»Mit Hansi?«
»Sonst ergibt es keinen Sinn.«
»Wie sah der Mann aus, der dir das Geld gab?«
»Kein Mann, Albert! Es war eine Frau. Puh, sie war verdammt hübsch.«
»Kannst du sie mir beschreiben?«
»Dazu bleibt keine Zeit. Mir geht das Kleingeld aus. Hör zu: Ich bin dem hübschen Weib nach. Sie hatte ihr Auto im Parkhaus abgestellt. Hast du was zu schreiben?«
»Ja.«
Der Lord ließ Homer eine Autonummer notieren.
»Hat sie dich im Parkhaus gesehen?«
»Spinnst du? Ich setze doch meine Ferienreise nicht aufs Spiel. Jetzt ist gleich Schluss.«
»Berthold, ich …..«
Ein Klicken in der Leitung. Die Verbindung war tot.
Homer lehnte, den Hörer weiter in der Hand, am Schreibtisch und blickte zum Fenster hinaus.
Das war ein Knaller! Wer finanzierte dem Lord seine Reise in den Süden? Konnte es noch einen Zweifel geben, dass bei Hansis Tod nicht alles mit rechten Dingen zugegangen war?

Homer sah den Mann im roten Anorak vor dem Schaufenster stehen. Bei dieser Hitze hat er einen Anorak an, wunderte er sich. Nach einer Weile war der Fremde immer noch da.

Was war mit dem? Traute er sich nicht? Nachdem Homer am Vormittag eingetroffene Bücher auf den Tisch gelegt und in Regale gestellt sowie einen Kunden bedient hatte, ging sein Blick wieder zum Fenster. Der Mann war nicht mehr da. Aha, dachte Homer, Schwellenangst vor einer Buchhandlung, wie so oft.

Sein Handy, das er nur selten nutzte und das nur zufällig auf dem Ladentisch lag, piepste. Es war Lukas Falk, und sie sprachen eine Weile. Anschließend ging Homer hinunter in sein Antiquariat. Wenig später hörte er das Glockenspiel. Er stieg die kurze Treppe nach oben. Der Mann im roten Anorak, eine Plastiktüte in der linken Hand, stand im Laden und sah sich um.

»Grüß Gott«, sagte Homer.

Der Mann wandte sich Homer zu. Sein Gesicht war von steilen Furchen durchzogen und erinnerte an eine Plastik, vom Bildhauer roh bearbeitet.

»Grüß Gott«, sagte der Mann mit tiefer, etwas brüchiger Stimme.

»Wie kann ich Ihnen helfen?« fragte Homer.

»Ich heiße Balthasar Linke«, sagte er, hob dabei den Plastikbeutel hoch, griff mit der Rechten hinein und zog eine gelbe, abgegriffene Mappe heraus. »Darf ich Ihnen etwas zeigen, Herr …?«

»Kreitmayer.« Homer sah die grauen Augen, die müde wirkten. »Was wollen Sie mir zeigen, Herr Linke?«

Linke legte die Mappe auf den Tisch, ließ die Plastiktüte zwischen seine Füße fallen. Er schlug die Mappe auf und reichte Homer eine Zeichnung in Postkartengröße.

Homer warf einen Blick auf das kleine Bild. Es gefiel ihm sofort. Er konnte nicht sagen warum, reine Gefühlssache. Das Bild hatte was. Der Mann konnte zeichnen.

»Ich habe es erst heute Früh gemacht«, sagte Linke leise, irgendwie verlegen. Dann gab er Homer ein Blatt im Schulheftformat. Das Porträt eines alten Mannes.

»Sie zeichnen gut, Herr Linke.« Homer sah ihn an.

»Danke.« In seine Augen kam ein wenig Leben. »Es ist lange her, seitdem mir das jemand sagte.«

Homer spürte, dass der andere Mut fasste.

»Würden Sie vielleicht meine Mappe ansehen, Herr Kreitmayer?«

Es waren zirka zwanzig Blätter, keines größer als DIN A5. Landschaften, Häuser, Bäume, Porträts und Karikaturen.

Homer war fasziniert. Der Mann war ein Könner. Er dachte an Loderer, den Sammler von Arbeiten unbekannter Künstler. Jetzt hatte er die Chance zuzugreifen. Er war ziemlich sicher, dass Linke ihm seine Zeichnungen anbieten wollte. Was sonst? »Was kostet eine Karte?«

Linke sah zu Boden und schwieg.

Homer betrachtete den Mann. Die dunkelbraunen Haare waren frisch gewaschen, aber wohl schon lange nicht mehr geschnitten; sie fielen über den Kragen des Anoraks. Das volle Gesicht war glatt rasiert, aber grau und müde. Der Spiegel einer Seele ohne Hoffnung und Glück. Welches Schicksal trug dieser Mann mit sich herum?

Homer dachte schon, Linke habe seine Frage überhört, als dieser endlich, fast zögernd, leise sagte: »Die Postkarten fünfundzwanzig Mark, die größeren fünfzig.« Eine kleine Pause. »Doch das ist nur ein Vorschlag …ein Vorschlag.«

Homer ließ seine Augen zwischen Linke und einer Zeichnung hin und her wandern.

»Meinen Sie, das ist zu viel?« fragte Linke. »Wir können uns sicher einigen.«

Die grauen Augen hatten jetzt wieder diesen trüben Schimmer.

»Nein, nein, Herr Linke. Ich überlege gerade eine andere Möglichkeit.« Das Blatt, das er in der Hand hielt, war in einer ausgefallenen Technik gezeichnet. Nur Striche und Punkte. Als er wieder hinschaute, erkannte er plötzlich, dass es Ausrufezeichen waren. Lautlose Schreie?

»Herr Linke, ich mache Ihnen einen Vorschlag. Ich kaufe zu Ihrem Preis ein großes Blatt und zwei kleine. Und ich behalte die gesamte Mappe in Kommission. Ich denke, ich kann Ihre Arbeiten verkaufen. Wenn Sie möchten, können wir einen Vertrag machen.«

»Bei Gott, Herr Kreitmayer, ich vertraue Ihnen.«

»Danke, das ehrt mich. Sie sind einverstanden, Herr Linke?«

Linke nickte zustimmend. Homer reichte ihm die Hand, und er schlug mit festem Griff ein. Dann nahm er von Homer hundert Mark entgegen.

In diesem Moment betrat ein Mann den Laden. Linke sah zu ihm hin, griff nach seinem Plastikbeutel. Homer trat mit ausgestreckter Hand auf den Kunden zu. Der Mann war mittelgroß, nicht mehr ganz schlank, hatte blonde, kurze Haare, trug eine randlose Brille.

»Grüß Gott, Herr Kroneberg, ich freue mich.«

»Grüß Gott, Herr Kreitmayer.«

Homer zeigte zum Büchertisch. »Der Stoß Ihrer *Hirtmoor-Chronik* schrumpft erfreulich schnell zusammen. Es ist immerhin schon der zweite Stoß. Ich habe bereits erneut geordert.«

»Das höre ich gerne.« Er zwinkerte Homer zu. »Für einen Anfänger gar nicht übel, was?«

Linke bewegte sich langsam auf die Tür zu. Homer sah das und sagte: »Herr Linke, schauen Sie immer wieder einmal herein, ja?«
Linke hob seine Hand. Kroneberg sah sich jetzt zu dem Mann um, legte die Stirn in Falten.
»Habe ich Sie nicht schon in Hirtmoor gesehen?«
»Das ist möglich.«
»Wohnen Sie in Hirtmoor?«
»In der Nähe.«
»Kann ich Sie mit dem Auto mitnehmen?«
»Das wäre nett.«
»Gerne. Es dauert nicht lange.«
»Ich warte draußen«, sagte Linke. Das Glockenspiel erklang. Linke verließ die Buchhandlung.
Kroneberg sagte: »Herr Kreitmayer, haben Sie »*Mein Name sei Gantenbein*« von Max Frisch da?«
Homer lächelte. »Natürlich. Das Taschenbuch, Herr Kroneberg?«
»Ja. Bitte.«
Homer blieb an der Tür stehen und sah Kroneberg und Linke nach, die nebeneinander in Richtung Parkgarage gingen. Gerade wollte er sich abwenden, als Lukas Falk aus der entgegengesetzten Richtung über die Straße kam. Er hielt dem Freund die Tür auf. Im Vorbeigehen schlug Falk Homer leicht auf die Schulter.
»War das eben Kroneberg? Ich bin nicht sicher.«
»Es war Kroneberg.«
»Wer war der andere? Einen Anorak bei dieser Hitze!«
»Er heißt Linke. Ein Künstler. Und ein todtrauriger Mensch, denke ich. Hier.« Homer gab Falk die gelbe Mappe. Voller Interesse sah dieser die Blätter durch. Er blickte Homer nachdenklich an.
»Hast du was gekauft?«
»In Kommission.«
»Der Mann ist gut, sogar sehr gut. Kann ich die Karikaturen haben?«
»Die kleinen fünfzig Mark, die großen hundert«, sagte Homer, ohne mit der Wimper zu zucken.
»Da sind die Veröffentlichungsrechte drin?«
»Ich denke schon.«
Falk legte die Blätter zur Seite, zog seine Brieftasche.
Dann sagte er: »Nun zu unserem Fall, Homer.« Sie standen sich gegenüber, grinsten. Falk hielt Homer die flache Hand hin, und Homer schlug klatschend hinein.
»Volltreffer«, frohlockte Falk.

»Schaut so aus, Lukas.«
»Wir bleiben am Ball, auch wenn die Staatsanwaltschaft den Fall einstellt?«
»Klar doch, Lukas, gerade dann! Es stinkt. Ich kann es riechen. Wir kochen den Stein so lange, bis er weich wird.«
»Guter Spruch, Homer!«
»Es gibt bessere. Was meinst du, kann es eine Reaktion auf deinen Artikel sein, dass jemand den Lord auf Reisen schickte?«
»Schon möglich. Erstaunlich ist, dass der Lord dich angerufen hat. Ebenso hätte er sich klammheimlich aus dem Staub machen können.«
»Ich war zuerst ebenfalls verblüfft. Je länger ich allerdings darüber nachdenke, umso sicherer bin ich, dass er wohl zwei Fliegen mit einer Klappe schlagen wollte. Zum einen setzt er sich irgendwohin in den Süden ab und will das jemanden erzählen. Zum anderen tat er es zur Beruhigung seines schlechten Gewissens.«
»Wollen wir hoffen, dass uns die Autonummer weiter bringt.«
»Du hast am Telefon angedeutet, dass du eine Connection anzapfen könntest, um den Halter des Wagens zu erfahren.«
»Wenn es klappt. Ich habe Doktor Ganz angerufen, den ich recht gut kenne.«
»Wer ist das? Nie von ihm gehört.«
»Er wohnt draußen in Hirtmoor. Er ist Kriminaldirektor beim LKA. Ein netter, aber manchmal brummiger Bär. Ganz ist ein Epikureer reinsten Wassers. Ich habe ihn heute Abend ins »Boccalino« eingeladen.«
»Das wird nicht billig werden, mein Freund.«
»Aber es wird ihn milde stimmen. Vielleicht hilft er uns.«
»Ich drücke beide Daumen.«
»Möchtest du nicht mitkommen, Homer?«
»Zu gerne, zumal es auf deine Kosten geht. Leider kann ich nicht. Ich bin bei Loderer. Wir wollen noch einmal die Umgebung des alten Turms durchsprechen. Er hat Herrn Michl eingeladen, der sich recht gut dort oben auskennen soll.«
»Michl vom Bankhaus von Hermann?«
Homer bejahte. »Michl beschäftigt sich in seiner Freizeit intensiv mit der Heimatgeschichte. Ich nehme an, das ist dir bekannt, Lukas. Eventuell kann er etwas Licht ins Dunkel bringen, wer weiß.«
»Also drücke auch ich die Daumen. Wir telefonieren?«
»Am besten gleich morgen Früh.«
Kundschaft betrat die Buchhandlung. Homer brachte Falk zur Tür. Sie gaben sich die Hand.

»So berieten sich beide und trennten sich«, sagte Homer und blinzelte Falk mit einem Auge zu.

Vom Altstadtparkhaus ging Falk ein kurzes Stück die Kreuzstraße hinunter. Wo die Mauer des Alten Friedhofs begann, bog er nach links in die Klosterstraße ein. Auf dem Kopfsteinpflaster hallten seine Schritte. Falk erreichte das Kloster südlich der Stadtkirche. Um zum »Boccalino« zu gelangen, musste Falk am Kloster vorüber, von der Klosterstraße in die Sankt-Benedikt-Allee einbiegen, bis zum nächsten Eck gehen, und dort nach rechts in den Alten Friedhofsweg. Jetzt waren es nur noch wenige Meter zum »Boccalino«. Über der Steintreppe, die zum Lokal hinunterführte, hing ein überdimensionaler Weinkrug.

Der vordere Teil des Gewölbes war gut besetzt. Falk entdeckte einige bekannte Gesichter und grüßte im Vorübergehen. Über die Theke hinweg reichte er dem Wirt die Hand, und sie wechselten ein paar Worte. Dann ging er weiter nach hinten. Neben einer gedrungenen Säule, in die Weintrauben gemeißelt waren, saß an einem runden Tisch Doktor Willibald Ganz vor einem Glas Rotwein. Auf dem Tisch lag der Pepitahut, von dem er sich wohl nie trennte.

»Guten Abend, Herr Doktor«, sagte Falk.

Der Kriminaldirektor wollte sich erheben. Falk hob seine Hand. »Behalten Sie doch bitte Platz.«

Ganz war ein hoch gewachsener, drahtiger Mann. Im Sitzen erschien er so groß wie Homer im Stehen. Er hatte kurze rotblonde Haare und einen rötlichen Vollbart, in dem hier und da silberne Fäden blitzten. Seine hellen Augen betrachteten Falk wohlwollend. Der nahm das als gutes Vorzeichen, denn er wusste, dass diese Augen auch ganz anders blicken konnten.

Bis der Wirt die Speisekarte brachte, unterhielten die Männer sich über das »Boccalino« und das Kloster. Falk bestellte ebenfalls einen Rotwein. Sie studierten eingehend die Karte, tauschten über dieses und jenes Gericht Bemerkungen aus. Die Zeit, bis das Essen serviert wurde, füllte Ganz mit einem Monolog über Kakteen, seine große Leidenschaft. Falk hörte aufmerksam und geduldig zu.

Während sie aßen, wurde wenig gesprochen. Ganz genoss sichtlich jeden Bissen und entsprach so völlig seinem Ruf als Genussmensch.

»Ich danke Ihnen für die Einladung«, sagte Ganz beim Kaffee. »Das Essen war vorzüglich. Jetzt rücken Sie mal mit der Sprache heraus, damit der Abend sich auch für Sie lohnt und nicht nur teuer ist. Was haben Sie auf dem Herzen?«

Nach dieser Aufforderung setzte Falk seinerseits zu einem Monolog an, erzählte alles, ließ nichts aus, was er und Homer bisher über den Toten vom Schlossberg in Erfahrung gebracht hatten.

»Und ich, lieber Herr Falk«, sagte Ganz, »soll den Halter zu der Autonummer liefern. Richtig?«

»Genau das ist meine große Bitte, Herr Doktor.«

»Respekt, Herr Falk, Sie lassen sich die Sache was kosten. Gut, ich will euch Hobbydetektive nicht im Stich lassen. Was ich damit verspreche, bewegt sich am Rande der Legalität. Aber ich schließe mich Ihrer Meinung an, dass es da wohl nicht mit rechten Dingen zugeht. Irgendwer hat da eine Leiche im Keller, sozusagen. Und die Kripo scheint mir diesen Fall nur oberflächlich zu behandeln. Warum? Ich weiß es nicht. Geht mich auch nichts an. Geben Sie mir Ihre Karte. Ich rufe Sie morgen Vormittag an.«

»Ich danke Ihnen, Herr Doktor.«

»Ich danke Ihnen. Es war ein netter Abend.«

Von der Straße aus gesehen war es ein kleines Haus. Bis auf die Fenster und die braunen Läden schien es völlig vom Efeu eingesponnen zu sein. Auf beiden Seiten, wie treue Wächter, standen Fichten, die das rote Dach um einige Meter überragten. Der Vorgarten präsentierte sich als blühendes Chaos. Loderer liebte sein kleines Paradies. Er beschäftigte einige Tage im Monat einen Gärtner, der das auf den ersten Blick wilde Stück Natur unter Kontrolle hielt.

Homer drückte den Klingelknopf am Holzzaun, kurz darauf erschien Loderer in der Haustür. Vor Homer summte es, und er schob das Holztürchen auf. Loderer trug braune Cordhosen und einen braunen Janker. Seine wenigen weißen Haare waren durcheinander. In der linken Hand hielt er ein Buch, seine rechte streckte er dem Besucher entgegen.

»Herzlich willkommen in meiner Klause, Homer. Treten Sie ein.«

Im niedrigen, langen Flur war es eng, da auf der einen Seite mehrere alte, hohe Schränke standen. Loderer schloss die Tür, blieb neben Homer stehen.

»Ich habe den Nachmittag auf der Suche nach einem bestimmten Text in meiner Bibliothek verbracht. Und vorhin fand ich eine kleine Geschichte, die einfach zu schön ist. Darf ich Sie Ihnen kurz erzählen? Sie wird Ihnen gefallen.«

»Erzählen Sie, Doktor.«

»Der feinsinnige al Mahadid ließ seiner Liebsten, die er auf einem Sklavenmarkt freigekauft hatte, auf dem Abhang vor seinem Palast

einen Wald weißblühender Mandelbäume pflanzen, als die junge Frau den Schnee ihrer Heimat vermisste. Gibt es einen schöneren Beweis von zarter Liebe?«
»Wunderschön.«
»Mir standen Tränen in den Augen. Ich gestehe es offen.«
Loderer legte das Buch auf die Ablage eines Schrankes. »Ich habe völlig die Zeit vergessen. Nichts ist vorbereitet. Ich bin ein schlechter Gastgeber. Mea culpa.«
»Doktor, was wollen Sie denn vorbereiten? Ich bin doch keine Dame, die mit Blumen begrüßt werden will.« Homer sah den Doktor vergnügt an. Dann reichte er ihm den Umschlag, den er mitgebracht hatte.
»Was ist das, Homer?«
»Ein bescheidenes Gastgeschenk, Doktor.«
»Das sollten Sie nicht.«
»Schauen Sie hinein. Ich hoffe, es macht Ihnen Freude.«
Loderer zog eines der größeren Blätter von Balthasar Linke aus dem Umschlag, eine Landschaft. Er betrachtete es eingehend, und Entzücken zeichnete sich auf seinem Gesicht ab.
»Wunderschön. Wo haben Sie das her?«
Homer sagte es ihm.
»Darf ich vorbeikommen, um mir die anderen Blätter anzusehen?«
»Jederzeit, Doktor.«
Jetzt nahm Loderer Homer leicht am Arm. »Gehen wir nach hinten in den Wintergarten. Dort sitzen wir gemütlicher, besonders an einem solch schönen Abend.«
Der Doktor führte den Gast am Treppenaufgang vorbei durch das große Wohnzimmer in den daran anschließenden Wintergarten. Homers erster Eindruck war, in einem gläsernen U-Boot zu sein, das durch einen grünen Ozean schwamm. Als er jedoch seinen Blick nach oben wandte, sah er den klaren blauen Abendhimmel mit langsam segelnden weißen Wolken.
Loderer legte die Zeichnung auf ein kleines Tischchen und lud Homer mit einer Handbewegung zum Sitzen ein. Um einen flachen Holztisch standen ein altes gemütliches Sofa und drei Sessel mit dicken Kissen. Nachdem Homer in das weiche Sofa gesunken war, sagte Loderer: »Ich habe einen wunderbaren Metaxa. Darf ich Ihnen den kredenzen?«
»Sie dürfen, Doktor.«
Loderer verließ den Wintergarten.

Homer befand sich zum ersten Mal im Haus des kleinen Doktors. Allerdings hatte er schon einiges über dieses zauberhafte Refugium gehört. Wie der Doktor selbst wirkte hier alles versponnen, sympathisch altmodisch, urgemütlich.

Loderer kehrte überraschend schnell mit einer hohen schmalen Flasche, zwei Cognakschwenkern und einem gläsernen Aschenbecher zurück.

»Ich weiß, dass Sie gerne rauchen, Homer.«

»Oh, sehr lieb, Doktor. Oft muss ich mich bei Einladungen kasteien.«

Loderer setzte sich in einen Sessel, öffnete die Flasche, schenkte ein.

»Vielen Dank für die Einladung, Doktor.«

»Keine Ursache. Trinken wir auf unser Abenteuer?«

Sie stießen an.

»Ein sehr guter Tropfen«, lobte Homer und behielt das Glas in der Hand.

»Herr Falk ist ebenfalls in unserer Mission unterwegs?«

»Ja, er trifft sich mit einem Doktor Ganz vom LKA und hofft, über ihn den Halter des Autos zu erfahren. Sollte dies nicht klappen, wird es nicht einfach sein, an diese Auskunft zu kommen.«

»Wie auch immer, ich meine, allein die Tatsache, dass dieser Lord mit Geld ausgestattet auf Reisen geschickt wurde, zeigt, dass es sich kaum um einen Unfall handelt.«

»So sehe ich das auch. Jemand versucht, einen Zeugen auszuschalten. Die Frage ist nur, wer ist dieser Jemand? Der Halter des Autos ist unsere einzige wirklich heiße Spur. Alles andere ist vage, Vermutung, Stochern im Nebel. Falk hat sich heute beim Schlossbräu umgehört. Fehlanzeige. Wegen einer Familienfeier war am Donnerstag geschlossen. Auch die Frage, ob die Schlosspforte nachts abgeschlossen wird oder nicht, ergab nichts Handfestes. Falk erfuhr, dass sie in der Regel mit Einbruch der Dunkelheit geschlossen wird. Aber hier und da wird das einmal versäumt. Ich hoffe immer noch, dass wir durch die nähere Umgebung des Wasserturms einen Fingerzeig bekommen.«

»Wenn dieser Mann, den der Lord gesehen hat, und der Fahrer oder die Fahrerin des Autos mit dem Tod des Tippelbruders zu tun haben, muss das nicht zwangsläufig mit der Umgebung in Zusammenhang stehen. Der Tippelbruder könnte ebenso ein konspiratives Treffen gestört und dabei etwas erlauscht haben.«

»Das ist mir klar, Doktor. Aber wenn die Umgebung nichts bringt, stehen wir ziemlich im Regen. Sollten wir den Halter ermitteln und

zwischen ihm und Donnerstagnacht keine Verbindung herstellen können, sind wir mit unserem Latein ziemlich am Ende.«
Loderer schaute auf seine Armbanduhr. »Herr Michl sollte längst hier sein. Vielleicht kann er uns weiterhelfen.«
»Ich lese seine Artikel in den »Firstauer Blättern« immer mit Interesse. Oft sind sie recht akademisch, manchmal jedoch auch für Laien reizvoll.«
»Herr Michl ist ein vielseitiger Mann. Wie er das alles neben seiner Tätigkeit als Bankdirektor unter einen Hut bringt? Er ist Mitorganisator von Kunstausstellungen in der Bank, ist im Vorstand des Geschichtsvereins und auch der »Singenden Schlosstafel«. Außerdem ...«
In diesem Moment war das Läuten zu hören. Loderer erhob sich sofort. »Das wird sicher Herr Michl sein. Bedienen Sie sich bitte, Homer.«
Dieser ließ sich das nicht zwei Mal sagen. Er trank mit Genuss den letzten Schluck, nahm die Flasche, schenkte sich ein und zündete eine Zigarette an.
Loderer kehrte mit einem schlanken, auf den ersten Blick streng wirkenden Mann in grauem Anzug und weißem Polohemd in den Wintergarten zurück. Homer erhob sich. Loderer stellte die beiden Männer einander vor, die sich die Hand reichten. Im hageren Gesicht des Bankdirektors fielen die roten Wangen auf, die fast wie geschminkt wirkten. Seine dunkelblonden Haare waren gewellt und dicht.
»Grüß Gott, Herr Michl.«
»Herr Kreitmayer. Zu gerne würde ich öfter in Ihrer schönen Buchhandlung stöbern. Aber die Zeit ... Sie verstehen?« Michl hatte eine überraschend hohe Stimme.
Nachdem auch Michl dem Metaxa zugesprochen hatte, erläuterte Loderer ihm ausführlich das Anliegen. Michl, der neben Homer auf dem Sofa saß, bequem zurückgelehnt, hielt sein Glas in beiden Händen, wie um es zu wärmen.
»Wo soll ich beginnen? Zuerst mal zu den aktuellen Fakten: Die Brauerei, die Gaststätte und auch der alte Wasserturm sollen der Abrissbirne zum Opfer fallen. Das gesamte Areal, so ist geplant, wird völlig neu bebaut. Das ist nicht allgemein bekannt. Noch nicht. Die Stadt hält ziemlich ernsthaft, eigentlich gegen jede Gewohnheit, den Daumen drauf.«
»Das ist verständlich, meine ich«, unterbrach Homer. »Wird nicht ein Sturm losbrechen, wenn es bekannt wird?«

Michl sah Homer an. »Möglich, Herr Kreitmayer. Soviel mir bekannt ist, soll eine Wohnanlage auf hohem Niveau, mit Tiefgaragen und einem Lokal, entstehen. Die Stadtverwaltung wird einen Architektenwettbewerb ausschreiben. Der Entwurf muss der exponierten Lage und dem sensiblen Areal in unmittelbarer Nähe des Schlosses gerecht werden. Damit versucht man jeder Spekulation vorzubeugen, denke ich.«

»Herr Michl, warum sensibel?« fragte Loderer. »Ich weiß, Sie wählen Ihre Worte mit Bedacht.«

»Herr Doktor, Sie sind ein aufmerksamer Zuhörer. Warum sensibel? Einmal wegen der geplanten Tiefgarage. Zum Zweiten wegen des alten Wasserturms.«

»Würden Sie uns das bitte näher erklären, Herr Michl?«

»Gerne. Der Geschichtsverein bemüht sich seit Jahren zusammen mit einigen Stadträten um den Erhalt des Wasserturms. Unser erstes Ziel ist eine sinnvolle Nutzung. Aber so vernünftig alle Seiten argumentieren und diskutieren, einem greifbaren Erfolg sind wir keinen Schritt näher. Etwa seit einem Jahr läuft der Antrag des Geschichtsvereins, den Turm unter Denkmalschutz zu stellen. Die Entscheidung steht immer noch aus. Es ist so vieles offen und in der Schwebe, dass es nicht so einfach sein wird, den Turm dem Erdboden gleichzumachen. Dann die geplante Tiefgarage: Hier liegt das Problem unter der Erde. Den gesamten Schlossberg durchzieht ein Labyrinth von Gewölben und Gängen.«

Homer hob brav wie ein Schüler die Hand. »Entschuldigen Sie, Herr Michl. Mich macht eine Frage, die mir gerade durch den Kopf schoss, ganz kribbelig.«

»Ja, Herr Kreitmayer?«

»Ist Ihnen bekannt, ob Laaser von diesem Projekt weiß?«

Michl lächelte breit. »Ich vermute es. Laaser hat überall seine Verbindungen, und irgendwer wird es ihm gesagt haben.«

»Was wissen Sie noch über das Labyrinth und den alten Turm?« hakte Loderer nach.

»Der größere Teil der unterirdischen Anlagen stammt aus der Zeit, als das Schloss errichtet wurde. Sie sind also über dreihundert Jahre alt. Die Pläne liegen im Stadtarchiv. Gewiss werden sie in der nächsten Zeit wieder sehr wichtig. Der Turm wurde allerdings erst Mitte des vorigen Jahrhunderts erbaut, als Wasserturm für die Brauerei. Vor dem Ersten Weltkrieg – das als Marginalie – diente sein oberstes Stockwerk dem damaligen Stadtpfarrer als Sternwarte. Schon zu Ende der Zwanzigerjahre hatte der Bau als Wasserturm ausgedient.

Er wurde dann umgebaut. In die einzelnen Stockwerke kamen Wohnungen. Unmittelbar nach dem Zweiten Weltkrieg wohnten Flüchtlinge dort. Seit den späten Fünfzigerjahren steht der Turm leer. So – recht viel mehr kann ich Ihnen nicht sagen.«

»Schade«, seufzte Homer.

Erneut erschien der spöttisch-ironische Ausdruck, den Homer schon vorher bemerkt hatte, auf Michls Gesicht.

»Ich denke, ich kann Ihnen weiterhelfen, wenn Sie tiefergehende Informationen wünschen, Herr Kreitmayer. Ich sprach ja davon, dass der Turm umgebaut wurde. Das hat damals die Baufirma Bermühler gemacht.«

»DER Bermühler?«

»Genau. Josef Bermühler senior ist ein Sangesbruder von mir. Ich werden ihn anrufen und ihn um einen Termin mit Ihnen bitten. Einverstanden?«

»Ich danke Ihnen, Herr Michl.«

»Ich rufe Sie an, sobald ich mit Bermühler gesprochen habe.«

Loderer füllte die Gläser nach.

Dienstag

Einer der ersten Anrufer an diesem Morgen war Herr Michl. In geschäftsmäßigem Ton teilte er Homer den Termin bei Bermühler mit. Um elf Uhr sollte sich Homer beim Portier der Ziegelei melden. »Ich hoffe, ich konnte Ihnen damit helfen, Herr Kreitmayer« waren am Schluss des kurzen Telefonats Michls einzige persönliche Worte.

Homer rieb sich die Hände. Seine Augen leuchteten, sein Gesicht begann zu strahlen. Er griff nach dem Hörer und wählte.

»Aumüller.« Eine Frauenstimme. In Homers Ohren klang sie wie Musik. Für ihn war es die erotischste Stimme, die er kannte.

»Kreitmayer.« Sein Herz klopfte ihm bis zum Hals hinauf.

»Oh, welch eine nette Überraschung so früh am Morgen.« Der leichte Akzent und das Vibrieren in der Stimme ließen Homer einen wonnigen Schauer über den Rücken rieseln. Er musste sich zur Disziplin rufen, bevor er sein Anliegen vorbringen konnte.

»Frau Aumüller, können Sie mich ab halb elf bis zur Mittagspause hier vertreten? Ich habe einen dringenden Termin.«

Die Antwort kam unmittelbar. »Sehr gern, Herr Kreitmayer.« Bildete er sich die Freude, die er hörte, ein? Biggi Aumüller sprang oft in solchen Fällen, wenn sie Zeit hatte, für ihn ein.

»Ich danke Ihnen, Frau Aumüller.«

»Ich bin gegen zehn da, Herr Kreitmayer«, sagte sie und legte auf.

Biggi Aumüller war Homers heimliche, seine große Liebe. Jeden Morgen stand er am Schlafzimmerfenster in der Hoffnung, drüben in der Villa seine Angebetete für Momente zu sehen. Wenn ja, dann begann für ihn der Tag mit einem Höhepunkt. Ein regelrechter Feiertag war es allerdings, wenn sie ihm in der Buchhandlung half.

Biggi Swensson stammte aus Schweden. Sie war eine bekannte Jazzsängerin. Seit sie vor Jahren den viel älteren Professor Aumüller, der an der TU in München lehrte, geheiratet hatte, hatte sie sich aus dem Geschäft etwas zurückgezogen. Nur noch sehr unregelmäßig erschien eine neue CD. Homer besaß alle ihre Aufnahmen, auch die früheren Platten. Hatte sie einen ihrer seltenen Auftritte in einem Münchner Jazzlokal oder in einer Hotelbar, befand sich Homer unter den Zuhörern. Ein festes Engagement hatte Biggi nur mit dem Chor des Bayerischen Rundfunks.

Von dem Augenblick an, als Biggi zum ersten Mal »Homer & Freunde« betrat, war Homer bis über beide Ohren in diese Frau verliebt. Seit diesem Tag träumte er den Traum, mit Biggi einen Urlaub in seinem Haus auf Korfu zu verbringen. Es war ein Traum, den er bis in die letzte Facette ausgeschmückt hatte, und der doch immer aufregend neu blieb.

Homer war gerade dabei, die Lieferung eines Grossisten zu überprüfen, als Biggi die kurze Treppe aus dem Antiquariat heraufkam. Sie besaß einen eigenen Schlüssel und hatte den Hintereingang genommen. Die Heiterkeit auf ihrem Gesicht, als sie ihm entgegentrat, ließ ihn innerlich jubeln. Sein ganzer Körper wurde warm und es kribbelte ihn überall. Er sah nur noch ihr schönes Gesicht mit den lustigen Sommersprossen, die so gut zu ihr passten.

Sie gaben sich die Hände. Biggi, dachte Homer, ich habe dich vor Augen, du bist ganz nahe und doch Lichtjahre entfernt. Unerreichbar.

Er sagte: »Sie gleichen so völlig diesem frischen klaren Sommertag.« Dabei blickte er ihr in die Augen, diese grünen Augen mit den schwarzen Punkten, einen Atemzug zu lange. Sie ließ seine Hand los und mit einer kameradschaftlichen Geste strich sie ihm kurz über den Oberarm.

»Sie sind heute wieder so romantisch, Herr Kreitmayer.«

Beseligt sagte er: »*Heitere Helle breitet sich wolkenlos, und Glanz läuft schimmernd darüber.*«

Sie sah über seine Schulter hinweg. »Keine Zeit mehr zum Flirten, mein Herr. Kundschaft.« Das Glockenspiel erklang. »Ich mache das. Ja?«

Biggi kümmerte sich um die Kundin. Homer nahm seine unterbrochene Arbeit wieder auf. Er musste wieder ruhig werden. Wenn er mit Biggi allein war, begannen alle seine Nerven zu beben.

Nachdem die Kundin gegangen war, fragte Homer, ohne von seinen Paketen aufzusehen. »Frau Aumüller, ich habe Karten für das Schlosskonzert heute Abend. Würden Sie mich begleiten?«

Als sie nicht gleich antwortete, sah er auf.

»Leider. Es geht nicht.« Bedauern lag in ihrem Ton. »Heute Nachmittag muss ich zum Rundfunk.«

»Schade.« Da fiel ihm auf, dass Biggi nicht generell Nein gesagt hatte. Das war doch etwas!

Beim Portier von Bermühler & Sohn, Ziegelei und Bauunternehmen, stand Homer auf der Liste der angekündigten Besucher. Er erhielt ein Gastkärtchen ausgehändigt. Gleich um die Ecke des Pförtnerhäuschens konnte er sein Fahrrad abstellen. Beim Überqueren des weiten Hofes musste er zwei Lastwagen passieren lassen. Die Verwaltung befand sich in einem einstöckigen weißen Gebäude mit viel Glas. Im

offenen Eingang zur Halle erwartete ihn ein Mann mit schütterem blondem Haar, kaum größer als er selbst. Herr Eschenbach, Leiter der EDV, in weißem kurzärmligem Hemd, blauer Fliege und grauer Hose, kam Homer mit ausgestreckter Hand einige Schritte entgegen. Homer spürte instinktiv, dass ihm dieser Mann sympathisch war. Er verließ sich voll auf sein Gefühl für Menschen. Bisher hatte es ihn nur selten getrogen.
»Sie sind Herr Kreitmayer, nicht wahr?«
»Der bin ich. Und Sie sind Herr Eschenbach?«
»Herr Bermühler senior hat Sie mir heute Morgen avisiert.«
Sie betraten die moderne Eingangshalle. Mehrere weibliche und männliche Mitarbeiter saßen vor PCs oder Terminals. Eschenbach bemerkte Homers interessierten Rundblick.
»Sie waren noch nie hier, Herr Kreitmayer?«
»Nein. Obwohl ich ein Ureinwohner bin, hatte ich mit der Firma Bermühler noch nie zu tun.«
»Ureinwohner ist gut«, lachte Eschenbach.
Sie verließen die Halle durch eine Glastür und gingen einen hellen Flur entlang. Vor der letzten Tür links sagte Eschenbach: »Treten Sie ein in unser Allerheiligstes, Herr Kreitmayer.«
»Soll mir jetzt der berühmte Schauer über den Rücken laufen, Herr Eschenbach?«
»Das ist doch wohl das Mindeste.« Der Mann wurde Homer immer sympathischer.
Im ersten Büro saß eine junge Frau, mit dem Rücken zur Tür, vor einem PC. Ein Laserdrucker spuckte gerade Blatt auf Blatt aus. Im nächsten Raum saßen zwei Männer vor Terminals. Durch eine raumhohe Scheibe hindurch sah Homer hohe Computergehäuse sowie einige weitere Geräte.
»Meine Kollegen«, stellte Eschenbach die Männer vor. Beide sahen kurz auf. »Lasst euch nicht stören«, sagte der EDV-Chef. »Sie programmieren«, erklärte er Homer.
Eschenbach führte den Besucher nun in sein Büro. Auch von dort gab eine Scheibe den Blick in den Computerraum frei.
»Interessiert Sie unser Computer, Herr Kreitmayer?«
»Wen würde das nicht interessieren?«
Der EDV-Leiter öffnete eine gläserne Schiebetür, und sie betraten den klimatisierten Raum. Sofort fiel Homer das rhythmische Schnurren der beiden großen Drucker auf. Homer bestaunte die Schnelligkeit, mit dem das Endlospapier regelrecht gefressen wurde.
Eschenbach ließ sich jetzt ausführlich über technische Einzelheiten

aus, von denen Homer kein Wort verstand. Aber er hörte höflich zu und nickte wohl immer an den richtigen Stellen. Dann saßen sie in Eschenbachs Büro.

»Darf ich Ihnen Kaffee anbieten?«

»Danke, sehr gerne.«

Eschenbach nahm den Telefonhörer ab, orderte zwei Tassen Kaffee. Dabei schob er einen Aschenbecher über den Tisch und griff nach dem Päckchen Zigaretten, das auf dem Schreibtisch lag. Beide zündeten sich eine Zigarette an.

»Sie scheinen mir ein Computerfreak zu sein«, sagte Homer.

»Wenn man mit Begeisterung bei der Sache ist, wird man das zwangsläufig. Ich habe einen faszinierenden Beruf.«

Die junge Frau, die im ersten Büro vor ihrem PC gesessen hatte, brachte ein Tablett mit zwei Tassen Kaffee, Milch und Zucker.

Nach dem ersten Schluck sagte Eschenbach: »So, dann wollen wir uns mal um Ihre Angelegenheit kümmern, Herr Kreitmayer.«

Er ließ seine Finger über die Tastatur springen.

»Wir verwalten hier nicht nur die Ziegelei, sondern auch die Baufirma. Darum haben wir alle Baupläne und sonstigen wichtigen Dokumente auf optischer Platte gespeichert. Jetzt suche ich mich zu Ihrem Thema durch. Es geht doch um den alten Wasserturm oben am Schloss?«

Homer sah dem Mann staunend zu. Der Laserdrucker neben dem Schreibtisch begann zu summen und schob kurz darauf Blatt auf Blatt heraus.

Eschenbach wandte sich von Tastatur und Terminal ab.

»Herr Bermühler hat mir aufgetragen, Sie voll zu unterstützen. Das habe ich hiermit getan. Ich lasse Ihnen alles ausdrucken, was wir über den Turm gespeichert haben.«

»Ich danke Ihnen, Herr Eschenbach.«

»Keine Ursache. Zünden wir uns zum Abschluss noch eine an?«

Das Restaurante »Ischia«, direkt am Gelände der Trabrennbahn, war Homers Ziel. Mit eiligen Schritten kam er von der Au her. Immer wieder blickte er sich um. Über dem Schloss leuchtete die Sonne, von Osten jedoch zog eine dunkle Wand bedrohlich schnell heran. Er gewann das Rennen gegen den Regen. Leicht außer Atem betrat er das »Ischia«. Sofort entdeckte er Lukas Falk, der am Fenster saß, mit einem Kugelschreiber in der Hand über sein Notizbuch gebeugt. Homer grüßte Tonio, der hinter der Theke hantierte, und ging weiter zu Falks Tisch.

»Sei gegrüßt, oh Freund.«
»Grüß dich, Homer.«
Homer hatte sich eben gesetzt, als Tonio schon neben dem Tisch parat stand. »Scusi.«
»Wie immer, Tonio«, sagte Homer.
»Mille grazie.«
Homer legte Lukas die Mappe mit den Kopien der Baupläne hin. Während Lukas, offensichtlich ohne viel Verständnis, Blatt für Blatt ansah, berichtete Homer von seinem Besuch bei Bermühler.
»Wenn ich deinen Gesichtsausdruck richtig interpretiere, dann geht es dir so wie mir. Die Pläne sagen wohl einem Laien so gut wie nichts. Um damit etwas anzufangen, sollte man Architekt oder zumindest Maurerpolier sein, denke ich.«
Falk stimmte ihm stirnrunzelnd zu.
»Ich habe die Blätter schon mehrmals durchgesehen. Ich befürchte, sie bringen uns nicht weiter. Ich bemühe mich, nicht zu skeptisch zu sein. Aber mit dem Turm haben wir womöglich eine Niete gezogen.«
»Nun geh mal nicht gleich auf Kurs Trübsal, Homer. Zu diesen Plänen können wir uns kein abschließendes Urteil bilden. Dazu haben wir zu wenig Fachwissen. Ich gebe sie einem Architekten, den ich kenne, der sie für uns unter die Lupe nehmen soll.«
Plötzlich schlugen dicke Regentropfen gegen die Fenster. Draußen war es jetzt um die Mittagszeit so düster wie kurz nach der Dämmerung.
»Und die Sonne versank, und es dunkelten alle die Wege«, murmelte Homer.
»Nun mal kommod, Homer. Noch ist nicht aller Tage Abend, auch wenn es im Augenblick so ausschaut.«
»Auf dem Weg hierher, habe ich mich gefragt, was Kommissar Maigret tun würde, wenn alle seine Spuren im Sand verlaufen, wenn er nichts mehr in der Hand hat und in der Sackgasse steckt?«
»Stopp, Homer, noch haben wir ein Eisen im Feuer.«
Tonio brachte den Salat und den Wein für Homer.
»Die Autonummer«, sagte Homer, als sie wieder alleine waren. Er sah Lukas an, als wäre der das Licht am Ende des Tunnels.
»Ja, die Autonummer«.
»Und?« fragte Homer gespannt.
»Die, die der Lord dir genannt hat, existiert nicht.«
»Verdammt.« Homers Hand mit dem Rotweinglas erstarrte auf halbem Weg zu den Lippen.
»Vermutlich hat er nicht richtig hingesehen. Oder es war Absicht.«

»Absicht? Warum sollte er das tun?«
»Jedenfalls hat er uns die Arbeit erschwert. Wenn auch nicht allzu sehr. Es kommen zwei sehr ähnliche Nummern in Frage.«
»Hm.« Homer nippte jetzt am Wein. »Und zu wem gehören diese Nummern?«
»Da ist einmal ein Baron Johannes von Teufel.«
»Der Name sagt mir nichts.«
»Ein Staatsbeamter.« Falk hob die Schultern. »Mehr weiß ich nicht.«
»Und Nummer zwei?«
»Eine Frau, die dir allerdings bekannt ist. Doktor Sabine Steinhoff.«
»Die Anwältin?«
»Zudem die Freundin von Anselm Laaser.«
Homer schlug mit der flachen Hand auf den Tisch. »Treffer!«
Tonio sah erstaunt herüber.
»Jetzt werde nicht sofort wieder euphorisch, lieber Freund. Erst müssen wir prüfen, ob es da einen Zusammenhang gibt. Auf jeden Fall: Die Kugel rollt weiter.«
»Wir fühlen der Dame auf den Zahn.«
»Gemach, Homer! Ich schlage vor, dass wir uns zuerst einmal um diesen Baron kümmern. Wir beiden kennen ihn nicht. Darum meine ich, wir sollten ihn uns ansehen.«
»Und wie?«
»Kommst du heute Abend zum Schlosskonzert?«
»Gewiss, Lukas.«
»Womöglich kann ich dann schon sagen, wie. Ich habe da bereits was am Köcheln. Allerdings bin ich nicht sicher, ob es klappt.« Er grinste Homer an, hob sein Glas. »Prost, Homer.«

Vor dem Torbogen zur Städtischen Kunstgalerie warf Homer einen Blick auf seine Uhr und verglich die Zeit mit der auf der Rathausuhr gegenüber. Er war zu früh dran. Wie er Falk kannte, würde der Freund erst kurz vor Beginn des Konzerts erscheinen.
Ohne Eile begann er die Herzog-Treppe hinaufzusteigen. Ungefähr zehn Stufen vor ihm befand sich ein großer, schlanker Mann mit weißem Haar, dessen Bewegungsablauf wirkte, als wäre der Aufstieg für ihn mühsam. Erst auf gleicher Höhe erkannte Homer, wen er eingeholt hatte.
»Guten Abend, Herr Professor Aumüller.«
Der Mann blieb stehen. »Oh, Herr Kreitmayer.« Dem Professor

schien die Begegnung keineswegs unangenehm. Munter sagte er: »Guten Abend. Sie sind ebenfalls auf dem Weg zum Schlosskonzert?«

Homer bestätigte das gemeinsame Ziel, und zusammen setzten sie den Weg fort.

»Sie gehen allein ins Konzert, Herr Professor, ohne Ihre Gattin?« Homer wunderte sich nicht einmal, wie glatt ihm diese Heuchelei über die Lippen kam.

Der Professor warf ihm einen prüfenden Blick zu, die Stirn in Falten. »Hat Ihnen meine Frau heute Morgen nicht gesagt, dass sie am Abend beim Rundfunk beschäftigt ist?«

Homer nutzte sein schauspielerisches Talent. Er riss die Augen auf, schlug leicht die flache Hand gegen seine Stirn. »Jetzt, wo Sie es erwähnen, Herr Professor, ja.«

Sie erreichten den Schlossvorplatz. Aumüller blieb stehen, breitete die Arme aus, atmete einige Male tief durch. »Ach, diese herrliche frische Luft.«

»Nach der drückenden Schwüle ist es jetzt recht angenehm.«

Sie gingen ein paar Schritte, da zeigte Aumüller auf die nahen Blumenrabatte, sah Homer an und sagte: »Was sind das für Menschen, die so etwas tun?«

Homer musterte die tiefen Radlspuren und Schuhabdrücke in der mit Torf vermischten Erde. »Vermutlich waren es Kinder, Herr Professor.«

Aumüller strich sich mit der Hand durch seinen dichten, gepflegten, weißen Bart und murmelte etwas, das Homer nicht verstand.

Vor der gläsernen Eingangstür zum Foyer des Schlosses hatte sich im Moment ein kleiner Stau gebildet. In einem Anfall von Eitelkeit nutzte Homer die spiegelnde Tür, um einen prüfenden Blick auf sich zu werfen. Er trug einen braunen Anzug, ein blaues Hemd und eine bunte Krawatte. Mit sich zufrieden, wandte er sich um und stellte fest, dass der Professor bereits durch die Tür gegangen war. Homer präsentierte seine Karte und schlenderte, suchend sich umsehend, in das Foyer. Neben einer Säule, nahe dem Aufgang zum Schlosssaal, entdeckte er Falk und dessen Begleiterin. Oh, siehe da! Im Schutz herumstehender Besuchergruppen pirschte er sich an das Paar heran. Als er sich hinter ihnen befand, grüßte er: »Guten Abend.«

Falk, ein Feixen auf dem Gesicht, sagte: »Ich habe dich an der Tür gesehen, alter Junge.« Lukas legte einen Arm um die Frau. »Homer, das ist meine Renate. Und das, Renate, ist mein Freund Albert Kreitmayer alias Homer.«

»Wir haben uns ja neulich kurz gesehen« sagte Renate.

Homer verbeugte sich, nahm die angebotene Hand, deutete einen Handkuss an und sagte: »*Die von des Pélias Töchtern die schönste an Aussehen.*«

Falk lachte. »Renate, das war Originaltext von Homer dem Älteren.« Ein sonniger Blick aus Renates schönen Augen traf Homer.

»Sag mal, Homer«, fragte Falk, »hast du in Parfum gebadet?«

»Das ist mein neues Rasierwasser.«

»Du musst dir doch nicht gleich die ganze Flasche über den Kopf gießen.«

»Hab ich gar nicht.«

»Ich zeige dir bei Gelegenheit mal, wie man das macht«, frotzelte Falk.

Homer wandte sich Renate zu. »Ist es tatsächlich so schlimm?«

Sie schüttelte den Kopf. »Nein, es ist angenehm. Lukas ist so guter Laune, dass er jeden auf den Arm nehmen will. Auch mich hat er aufgezogen.«

»Sich gegenseitig aufzuziehen ist ein sicheres Zeichen von Freundschaft, habe ich mal irgendwo aufgeschnappt.« Dabei sah er Falk an. »Was ist der Grund deiner guten Laune, Lukas?«

»Dafür gibt es mehrere Gründe. Vor allem, dass Renate meiner Einladung spontan gefolgt ist. Außerdem lief heute irgendwie alles wie am Schnürchen. Und die Vorfreude auf das Konzert spielt eine Rolle. Bin nun eben mal ein Sinnenmensch.«

»Das kannst du sonst recht gut verbergen«, stichelte Homer. »Hängt deine gute Laune vielleicht auch damit zusammen, dass deine Kochkunst erfolgreich war?«

Jetzt schaute Falk verdutzt. Renate sah mit fragendem Gesichtsausdruck von einem zum anderen.

»Heute Mittag im »Ischia«, Lukas«, half Homer dem Freund auf die Sprünge. »Da hast du gesagt, du hast was am Köcheln. Der Baron?«

»Du Schelm«, kicherte Falk. »Ja, auch in dieser Hinsicht ging alles klar. Wir werden uns diesen Baron morgen ansehen, und zwar auf dem Golfplatz an der Au. Der Baron ist ein besessener Golfspieler, der jede freie Stunde auf dem Platz verbringt. Und da wir morgen Feiertag haben, ist damit zu rechnen, dass er seiner Passion nachgeht.«

»Woher weißt du das, Lukas?«

»Ich habe mein Archiv befragt. Der Baron hat vor drei Jahren mal ein Wohltätigkeitsturnier gewonnen. Dann habe ich beim Golfklub angerufen. So war das.«

»Aha.«
»Morgen früh, kurz vor neun, hole ich dich ab. Einverstanden?«
Homer sah Falk nachdenklich an. »Was tun wir dort, Lukas? Ich habe von Golf keine Ahnung, und soweit mir bekannt ist, hast du bisher nur Minigolf gespielt.«
»Homer, ich habe einen Golfspieler engagiert, und wir sind seine Caddies.«
»Das wird ein Spaß werden! Wie hast du dir die Aktion gedacht? Hängen wir uns einfach so an den Baron? Treffen wir ihn zufällig? Wie kommen wir ins Gespräch?«
»Das wird die Situation ergeben, Homer.«
»Dein Wort in Gottes Ohr, Lukas.«
Ihr Standort nahe der Säule erwies sich immer mehr als ideal, denn das Gedränge im Foyer nahm von Minute zu Minute zu. Die untersten Treppenstufen waren bereits bis zur gelben Absperrkordel besetzt. Das Stimmengewirr wurde ständig intensiver.

Lukas erzählte, er habe Michl gebeten, bis zum morgigen Nachmittag einen Artikel über das Thema Untergrund von Schlossberg und Wasserturm zu schreiben.

Zwei livrierte Männer entfernten die gelbe Kordel. Die Besucher begannen sich die Treppe hinaufzubewegen.

»Ich setze einen Kasten in die Mitte des Textes, in dem ich Leser, die Wissenswertes zum Thema beisteuern können, auffordere, sich zu melden.«
»Ein Stich ins Wespennest!«
»Ein Versuch, Homer.«
Jetzt gingen auch sie auf die Treppe zu. Homer sah sich um. »Die Unterschiede in der Kleidung der Leute sind erstaunlich. Die Bandbreite reicht von Jeans bis zum Abendkleid und Smoking.«
»Ich meine«, sagte Renate, »viele gehen nicht in ein Konzert oder eine Oper wegen der Musik, der Sänger, des Dirigenten, sondern letztlich, um gesehen zu werden.«
»Da liegst du sicherlich nicht falsch, Chérie«, stimmte Falk zu.

Konzertpause. Homer, Falk und Renate eroberten sich einen Platz an der Bar im Foyer. Sie tranken Sekt mit Orangensaft.
»Was halten Sie von Dominik Heinrich, Herr Kreitmayer?« fragte Renate.
Homer sah die schöne Frau an. »*Ist es doch gar so schön, einem solchen Sänger zu lauschen, so wie dieser ist, an Stimme den Göttern vergleichbar.*« Er bemerkte, dass Renate sich über sein Zitat amüsierte

und fügte hinzu:»Er hat eine fantastische Stimme und eine außerordentliche Präsenz für sein Alter.«

Renate nickte zustimmend. »Ich habe ihn schon einmal vor einiger Zeit in München gehört. Die Kritik bezeichnet ihn als große Hoffnung unter den jungen Tenören.«

Homer zündete sich eine Zigarette an. Er ließ seinen Blick durch das Foyer wandern. Als er zur Fensterfront sah, wurden seine Augen plötzlich schmal. »Lukas, schau mal zum hinteren Gartenfenster.« Dort standen zwei Männer und eine Frau.

»Laaser und die Steinhoff. Den zweiten Mann kenne ich nicht«, meinte Falk.

»Der eine ist hier irgendwie fehl am Platz«, behauptete Renate.

»Welcher?« fragte Falk.

»Der, der aussieht wie Richard Gere.«

»Das ist Laaser. Wieso ist er fehl am Platz?«

»Vom Typ her passt er eher in ein Spielkasino oder auf einen Rennplatz als in ein Konzert mit klassischer Musik.«

»Deine Einschätzung mag richtig sein, Chérie. Doch wenn Laaser sich vielleicht zu Tode langweilt, womöglich wenig Gefühl für die Musik hat, für ihn ist es ein Muss dabei zu sein.«

»Gesellschaftliches Ereignis?«

»Er lässt keines von Bedeutung in Firstau aus.«

Homer, sein Glas in der einen, die Zigarette in der anderen Hand, ließ die kleine Gruppe am Fenster nicht aus den Augen. Er lag regelrecht auf der Lauer.

Frau Steinhoff sagte etwas zu Laaser. Er neigte sich ihr zu und nickte. Die Anwältin kam mit einem leeren Sektglas zur Bar, stellte es ab. Homer drückte nachlässig seine Zigarette im Aschenbecher aus. Er folgte jedem ihrer Schritte. Als sie neben ihm war, sprach er sie an.

»Guten Abend, Frau Doktor Steinhoff.« Die Anwältin blieb abrupt stehen.

»Oh, Herr Kreitmayer. Ich habe Sie gar nicht gesehen.«

Ton und Gesichtsausdruck hatten einen Anflug von Überheblichkeit. Homer war ihr jetzt so nahe, dass er einen feinen Hauch von Lavendel wahrnahm.

»Entschuldigen Sie. Ich habe eine Bitte.«

»Ja?«

Er sah in ihre leicht schrägen grauen Augen und tat einen kleinen Schritt auf sie zu. »Darf ich Sie um einen Besuch in meiner Buchhandlung bitten? Vielleicht am Donnerstag im Laufe des Vormittags? Ich komme selbstverständlich auch gerne in Ihre Kanzlei.«

»Haben Sie ein juristisches Problem? Dann hätten Sie mich auch anrufen können.« Ihrer Stimme war leichter Ärger anzuhören.
»Ja, ich habe ein Problem, Frau Doktor. Ich kann mir nämlich nicht erklären, weshalb oder für wen Sie einem Berber eine Reise finanzieren.« Homer sagte das im lockeren Gesprächston. Er beobachtete sie genau. Die Anwältin hatte sich gut im Griff. Nur ganz kurz zogen sich ihre Augenbrauen zusammen. Über der Nasenwurzel erschienen zwei Falten.
»Wem, bitte?«
»Einem Nichtsesshaften, Frau Doktor. Populär gesagt, einem Penner.«
Ihre Augen funkelten, ansonsten blieb sie cool.
»Herr Kreitmayer, ich drücke mich auch mal populär aus: Haben Sie zu viel getrunken?«
Sie machte kehrt und ging zurück zu Laaser. Der stand inzwischen allein am Fenster und sah in den Schlosspark hinaus. Steinhoff flüsterte ihm etwas ins Ohr, sobald sie bei ihm war.
Laaser schaute herüber. Freundlich grüßten Homer und Falk.

Mittwoch

Es war ein wunderschöner Sommermorgen. Falk parkte vor der Buchhandlung. Das Verdeck war offen, er lehnte bequem im Sitz und sah den hauchfeinen Wolkenstreifen zu, die elegant am blauen Himmel dahinzogen.

Homer kam durch den Garten. Falk wurde erst auf ihn aufmerksam, als das Gartentor klappte. Homer trug ein dunkelgrünes Polohemd, darüber einen hellgrünen Pullover mit V-Ausschnitt, Jeans und Sportschuhe. Im ersten Moment war Falk über die weiße Baseballkappe erstaunt. Wo hatte er denn die her? Homer stieg ein.

»Servus, Lukas.«

»Servus, Homer.«

Falk startete. Er fuhr über die Christophorus-Brücke, die Münchner Straße entlang, bog in die Schillerallee ein. Es war nur wenig Verkehr.

»Homer«, sagte Falk, »ich habe die Bermühler-Kopien dem Architekten übergeben.«

»Gut. Wie lange wird er brauchen, um sie zu analysieren?«

»Da ich sie ihm in deinem Auftrag gab, habe ich gesagt, du bittest um möglichst schnelle Erledigung.«

»Aus welchem Grund hast du mich vorgeschoben?«

»Um mehr Druck zu erzeugen. Mich würde der bequeme Kerl hinhalten. So hat er versprochen, sich bis heute Abend zu melden.«

»Mal sehen. Große Hoffnungen mache ich mir nicht. Der Turm wird wohl ein Windei bleiben.«

Falk verließ die Schillerallee. Auf einer schmalen Nebenstraße ging es auf die Au zu. Dann kam eine Linkskurve, und jetzt rollten sie parallel zum Fluss dahin. Wo die Straße wiederum nach links wegführte, war geradeaus ein weitgeöffnetes schmiedeeisernes Tor, die Zufahrt zum Golfklub. Im Schritttempo fuhr Falk die Lindenallee entlang. Rechts lag die dunkle Au, links der weite, wellige, gepflegte grüne Rasen. Zwischen den Bäumen tauchte das weiße Klubhaus auf. Solche Gebäude standen im Süden der USA, aber doch nicht auf dem Golfplatz von Firstau! Homer sah es zum ersten Mal. Wer hatte dieses Unikum auf dem Gewissen? Die Zufahrt endete auf einem runden Vorplatz, in dessen Mitte ein Rosenrondell in den Farben des Klubs, rot und gelb, prunkte. An der Seite, vor einer Reihe hoher, dunkler Blaufichten, parkten wenige Autos. Falk reihte sich ein.

»Unser Golfmeister ist bereits da«, sagte Falk.

»Der Baron?«

»Nein, Homer. Der Meister, für den wir die Caddies mimen werden.« Falk lachte. Homer wusste nicht worüber und deutete dann auf einen unscheinbaren Kleinwagen.

»Bislang dachte ich, in solch einem exklusiven Klub bedeuten Äußerlichkeiten sehr viel. Und dazu gehört auch der fahrbare Untersatz.« Homer sah sich um und schüttelte den Kopf. »Ein Kleinwagen neben sündteuren Limousinen! Ist das nicht ein Sakrileg?«

Falk schien amüsiert. »Dieses Mitglied ist eine Ehre für den Klub. Er hat es nicht nötig, mit einem Prunkschlitten hier aufzutauchen. Seine Reputation ist unanfechtbar.«

»Lukas, du machst mich ganz schön neugierig.«

Über eine Freitreppe betraten sie eine helle, weite Halle. Auf der einen Seite stand ein großer, dunkler Holztisch mit hochlehnigen Stühlen davor und dahinter, auf der anderen Seite war eine Bar, hinter der ein Mann in weißer Jacke Gläser polierte. Inseln gleich waren Sitzgruppen und Blumenkübel aufgestellt. Eine gläserne Wand gab den Blick frei über die Terrasse mit weißen Sonnenschirmen und einen Teil des Golfplatzes.

Sie traten hinaus. Seitlich vorne an der niedrigen Hecke, die die Terrasse begrenzte, sah Homer allein an einem Tisch einen Mann sitzen, der ihnen den breiten Rücken zeigte. Seine vollen blonden Haare fielen bis über den Kragen. Er trug einen dünnen gelben Pullover. Homer wusste sofort, wer der Mann war. Jeder Kunstinteressierte kannte diesen Hünen.

»Servus, Gregor«, sagte Falk.

»Servus, Lukas.«

Gregor Münch musterte Homer.

»Gregor, das ist Albert Kreitmayer, mein Freund Homer. Ich habe dir von ihm erzählt.«

Münch gab Homer die Hand. »Guten Morgen, Herr Kreitmayer.«

»Es freut mich, Sie persönlich kennen zu lernen, Herr Münch.«

Homer machte eine kleine Kunstpause. »*Damit edler Ruhm ihn unter den Menschen erhebe.*«

Für einen Moment spielte ein leises Lächeln um Münchs Lippen.

»Von Lukas weiß ich, Herr Kreitmayer, dass Sie im Freundeskreis Homer genannt werden und mit Vorliebe aus Ilias und Odyssee zitieren.« Seine dunkle Stimme klang freundlich.

Die Männer setzten sich. Der Kellner wartete bereits in der Nähe auf ein Zeichen. Sie bestellten Kaffee.

»Gregor, ich habe ein wenig mit deiner Person gespielt«, gestand

Falk. »Ich habe Homer nicht gesagt, wen er hier im Klub treffen würde. Es sollte eine Überraschung sein.«
Münch schmunzelte. »Das hat man davon, wenn man sich zu weit aus dem Fenster lehnt, nicht wahr, Herr Kreitmayer«, sagte er. »Homer hat die beste Buchhandlung in Firstau. Wir sind Freunde, schon seit der Schulzeit«, sagte Falk. »Aber ich glaube, das habe ich dir schon erzählt, Gregor.«
»Hast du, Lukas.« Zu Homer gewandt: »Ich kenne »Homer & Freunde«.«
Homer schien nachzudenken. »Ich kann mich nicht erinnern, Sie schon einmal bei mir gesehen zu haben, Herr Münch.«
»Stimmt. Und dennoch bin ich ein guter Kunde, denke ich. Meine Frau besorgt die Bücher bei Ihnen.«
»Frau Doktor Münch?« Homer schlug mit der flachen Hand auf seinen Schenkel. »Manchmal ist man regelrecht mit Blindheit beschlagen.«
Der Kellner brachte den Kaffee.
Der grüne Platz unterhalb der Terrasse fiel leicht ab. Hier und da standen Baum- und Buschgruppen wie zufällig in der Landschaft. Weiter unten das dunkle Wasser der Au. Auf der gegenüberliegenden Uferseite ein schmaler Waldstreifen, anschließend einige grüne Hügelkuppen, dazwischen wie bunte Tupfen ein Gehöft, rote Hausdächer oder ein Kirchturm. Hinten, vor dem Horizont, zog sich blaugrau die Alpenkette hin. Ein idyllisches Bild, wie von Turner gemalt.
Münch zündete sich eine Zigarette an. Homer folgte seinem Beispiel. Falk griff nach dem Feuerzeug, das Münch achtlos auf den Tisch zurückgelegt hatte.
»Wo hast du denn das her, Gregor?«
Münchs Augen zwinkerten belustigt.
»Ein Feuerzeug mit dem Werbeaufdruck eines Bordells. Gregor!«
»Es ist von Thalhaus.«
»Das ist der Galerist von Gregor«, erklärte Falk Homer.
»Das ist kein gewöhnlicher Puff«, sagte Münch. »Es ist ein Luxusetablissement, das einem gewissen Rosenbusch gehört. Heribert verkaufte diesem Rosenbusch ein paar Bilder. Ich vermute, in dem Edelpuff hängt jetzt auch ein Münch. Na ja, wie auch immer, Heribert hat einen Karton dieser Feuerzeuge in seinem Büro. Ich habe mich mit ganzer Hand bedient.« Dabei hielt er seine große, aber feingliedrige Hand über den Tisch.
Falk zündete sich jetzt einen Zigarillo an. Hier und da nahmen sie einen Schluck Kaffee. Außerhalb des Schattens des weiten Son-

nenschirmes spielten Sperlinge auf den Steinplatten ein offenbar fröhliches Spiel.

»Seit wann sind Sie Mitglied dieses Golfklubs, Herr Münch?«, wollte Homer wissen.

»Herr Kreitmayer, ich zähle zu der Kategorie der Ehrenmitglieder. Einige Male wurde ich zu so genannten Prominententurnieren eingeladen. Ich habe mich nur darauf eingelassen, weil es einem guten Zweck diente. Ich habe mich sogar der Mühe unterzogen, mir die Grundlagen dieses Sports beibringen zu lassen. Vorher hatte ich davon so viel Ahnung wie eine Kuh vom Bergsteigen. Noch heute bin ich kein guter, eher ein schlechter, auf jeden Fall kein begeisterter Golfspieler.«

»Aber so hat Gregor den Baron kennen gelernt«, warf Falk ein.

»Lukas, was heißt hier kennen? Wer kennt schon den Teufel?«

»Wie meinst du das, Gregor?«

»Wie ich es sage. Diesen Baron Johannes von Teufel kennt niemand so richtig. Seit du mich angerufen hast, Lukas, habe ich über ihn nachgedacht.«

»Und?« hakte Homer nach.

»Bei Licht besehen ist es nicht viel, Herr Kreitmayer. Von Teufel ist Biologe und arbeitet beim BND in Pullach. Das ist Fakt und allgemein im Klub bekannt. Er fährt einen großen Wagen, ist mit Trinkgeldern sowie mit Spenden an den Klub mehr als großzügig. Er trinkt ziemlich heftig, ist aber meines Erachtens kein Trinker. Und er ist ein sehr talentierter und fanatischer Golfer. Das ist auch schon alles, was ich über ihn sagen kann.«

»Peter, einen Martini bitte, gerührt, nicht geschüttelt. So wie immer.« Der Mann sprach durch die Nase, als quäle ihn ein starker Schnupfen. Sein Tonfall lag irgendwo zwischen Arroganz und Kasernenhof. »Und bitte, stellen Sie das Gedudel ab! Da schlafen einem ja die Füße ein. Oder besser, lassen Sie etwas Vernünftiges laufen. Danke.«

»Na, wenn das keine Überraschung ist«, sagte Homer und sah Falk an.

»Baron von Teufel alias James Bond«, sagte Gregor Münch. »Mir scheint, er ist euch nicht unbekannt oder?«

»Wir haben ihn gestern Abend in der Pause des Schlosskonzertes gesehen. Er unterhielt sich mit Laaser«, sagte Falk.

»Die beiden passen gut zusammen«, sagte Münch.

Der Baron war groß, mindestens einsachtzig. Er hatte einen runden Kopf, seine dunklen, leicht ergrauten Haare waren ganz kurz geschnitten. Als er über die Terrasse kam, wirkte er wie ein schlacksiger Bär. Er setzte sich an den Nachbartisch, lehnte sich auf dem Stuhl zurück, streckte seine langen Beine unter dem Tisch aus. Homer betrachtete ihn ungeniert. Von Teufel hatte dunkle Augen unter starken schwarzen Augenbrauen. Seine kräftige Nase war von roten Adern durchzogen. Seine schmalen Lippen waren aufeinander gepresst. Homer und Falk schienen ihn a priori nicht zu interessieren, denn seine Augen bohrten sich regelrecht in Münchs breiten Rücken.

»Hallo, Münch«, näselte der Baron, wobei sich die Lippen kaum bewegten.

»Hallo, Baron«, gab Gregor zurück und drehte sich erst dann langsam herum.

»Wie ich sehe, Münch, haben Sie Ihre Ausrüstung dabei.«
Die Tasche mit den Schlägern stand am Fuß des Sonnenschirms.
»Sie scheinen entschlossen, etwas zu üben. Habe es Ihnen ja immer wieder geraten. Sie besitzen Talent und auch ausreichend Gefühl. Indessen geht Ihnen entschieden der Ehrgeiz ab.«

Münch hob die Schulter hoch. «Nobody is perfekt.«
Peter, der Kellner, servierte dem Baron den Martini auf einem kleinen silbernen Tablett. »Ist Ihnen die Musik recht, Herr Baron?«

Von Teufel sagte, ohne den Kellner anzusehen. »In Ordnung, Peter.«

Homer hatte bis zum Erscheinen des Barons auf die leise, unaufdringliche Hintergrundmusik nicht geachtet. Jetzt erklang ein alter Beatles-Hit aus dem Lautsprecher.

Der Baron nahm das Glas und nippte. Seine Zunge fuhr über die Lippen. »Ansonsten ist Peter ein tumber Kerl, aber auf Martinis versteht er sich.« Er stellte das Glas auf den Tisch und sah wieder Münch an. »Sie dürfen mich auf eine Runde begleiten, Münch. Ich verspreche Ihnen, Sie werden davon profitieren.«

»Ist mir eine Ehre, Baron. Einen wahren Magier des Golfballes zu begleiten ist immer ein Erlebnis.«

»Danke.« Solche Worte hörte der Baron offenbar gerne.
Der Versuch eines Lächelns erschien auf seinem Gesicht.
»In den letzten Wochen habe ich Sie nicht gesehen, Baron.« Das war ein Schuss ins Blaue, den Münch da abgab.

Von Teufel bleckte die Zähne, die groß und gelb waren. Homer konnte mit dieser Reaktion nichts anfangen.

»Sagen Sie, Münch, haben Sie plötzlich Ihre Leidenschaft für das Golfspiel entdeckt, wenn Ihnen meine Abwesenheit aufgefallen ist.«

Gregor hob vielsagend die Hand.

»Ich befand mich im Ausland. Dienstreise, Sie verstehen? Für drei Wochen. Noch am vergangenen Wochenende habe ich auf einem wunderschönen Platz nahe Budapest gespielt. Welch ein Genuss.« Der Baron nippte erneut an seinem Glas.
»Wann sind Sie denn zurückgekommen, Baron?«
»Erst gestern.«
»Waren Sie mit Ihrem Wagen unterwegs?«
»Ich bin geflogen. Was sollen die Fragen, Münch?« Auf seiner Stirn erschienen Falten. Er nippte noch einmal an seinem Martini. Dann erhob er sich. »Ich gehe mich umziehen. Dann gehen wir auf unsere Runde, Münch.«
»Und Ihr Wagen war in der Garage, Baron?« hakte Münch nach.
Auf dem Gesicht des Barons zeigte sich jetzt offen Ärger. »Wo sonst?« Damit drehte er sich um.
»Baron!« Münch hob leicht seine Stimme. Von Teufel blieb stehen und sah erstaunt zurück. »Ich bleibe doch lieber hier sitzen. Mein Ehrgeiz ist tatsächlich schwach.«
»Wie Sie wollen, Münch. Mein Angebot war gut gemeint.«
»Ich danke Ihnen, Baron.«
Von Teufel verschwand mit schnellen Schritten im Haus.
»Na also. Damit habe ich euch und mir die Golfrunde erspart«, sagte Münch.
»Hat er die Wahrheit gesagt?« fragte Homer.
»Wir müssen wohl davon ausgehen, Homer«, meinte Falk.
»Der Baron ist ein eitler Snop, sicher auch reichlich undurchsichtig, aber weshalb sollte er uns ein Märchen auftischen?«, sagte Münch.
»Wenn er Dreck am Stecken hätte, Herr Münch.«
»Ich bin gewiss kein Freund des Barons, aber ich meine doch, er hat die Wahrheit gesagt.«

In einem romantischen Landgasthaus aß die Dreimännerrunde gut zu Mittag. Anschließend verabschiedete sich Münch, und sie fuhren in entgegengesetzte Richtungen davon. Als Falk auf die Buchhandlung zusteuerte, sahen sie vor dem Wirtshaus »Zum Bären« mehrere junge Männer herumlungern.

»Was sind denn das für Typen?« fragte Homer, ohne eine Antwort zu erwarten, die auch nicht kam. Er stieg aus, blieb auf dem Bürgersteig stehen, um Falk nachzusehen, ging dann um das Haus herum durch den Garten, stieg die Treppe zu seiner Wohnung hinauf. In der Küche trank er ein Glas Wasser, zündete sich eine Zigarette an und rief Loderer an. Später stand er einige Minuten am

Schlafzimmerfenster, in der Hoffnung, Biggi zu sehen. Vergeblich. Im Wohnzimmer legte er sich auf die Couch, drehte sich zur Seite, schloss die Augen, fantasierte sich einen Wachtraum mit Biggi als Hauptperson.

Erst nach gut zwei Stunden erwachte er wieder. Noch ganz benommen, kochte er sich einen Kaffee.

Mit Hesses »Lektüre für Minuten« in der Tasche verließ er das Haus, spazierte am Fluss entlang und setzte sich schließlich auf eine Bank in der Klenze-Anlage.

Nachdenklich sah Homer in das dunkle Wasser der Au mit den kleinen flachen Wellen in Ufernähe. Erst nach einer Weile zog er das Buch heraus und begann zu lesen.

»Alle wussten, dass der Mörder und Wüstling von heute der Heilige von morgen sein kann und der Edle und Priester zum Schädling und Gift werden kann. Es gibt Unzählige, welche stets das Gute wollen und fast immer Böses tun.«

Nachdem er diese Zeilen gelesen hatte, klappte er das Büchlein zu, behielt es in der Hand. Zurückgelehnt schaute er versonnen über den Fluss und bohrte mit Wonne in der Nase.

»Ts, ts, ts, tut man so etwas!« Durch diese vorwurfsvollen Worte wurde er in die Realität zurückgeholt. Sofort erfasste er, wer diese Männer waren, die sich da vor ihm aufgebaut hatten. Was wollten sie von ihm? War das nur ein Zufall? Einer beugte sich vor, schlug nicht eben sanft Homer auf die Wange. »Du bist ja eine Sau, kleiner Mann.«

Homer nahm das immer noch für einen ziemlich groben Scherz. Doch unsanft wurde er eines Besseren belehrt. Der Kerl trat ihm jetzt recht heftig gegen das Schienbein.

»Warum bist du so unhöflich? Steh auf, wenn wir mit dir reden!«

Homer hielt es für klug, dieser Aufforderung unverzüglich nachzukommen. Hinten drückte die Bank gegen seine Oberschenkel. Er stand da, kreuzte die Arme vor der Brust. Er fühlte Angst in sich aufsteigen. Hektisch sah er sich um.

Die Bande johlte. Der Angreifer sagte leise mit hämischem Unterton: »Kleiner, du hast dir eine zu ruhige Gegend ausgesucht. Niemand da. Niemand, der dir helfen kann.«

Homer nahm das als unverhohlene Drohung. Was hatten die vor? »Was wollt ihr von mir?« Seine Stimme war nur ein Krächzen. Jetzt hatte er ganz beschissene Angst.

Von neuem dieses gemeine Johlen.

»Du bist eindeutig zu neugierig, kleiner Mann. Ganz einfach.«

Homer erhielt einen Stoß gegen die Brust. Er plumpste auf die Bank zurück, schlug mit dem Rücken gegen die Lehne. Der plötzliche Schmerz schoss ihm in den Kopf. Im Reflex presste er die Augen zu schmalen Schlitzen zusammen.
»Nur keine Schwäche!« rief einer.
»Sei höflich und steh wieder auf«, sagte der Anführer leise und riss Homer, ihn an der Jacke packend, wieder auf die Füße. Jetzt begannen sie ihn herumzustoßen. Wie ein hilfloses Stoffbündel wurde er von Mann zu Mann weitergereicht. Trotz seiner Angst nahm er wahr, dass sie dem Parkteich immer näher kamen. Noch drei, vier, fünf Schubser, und Homer befand sich bis zu den Knöcheln im grünen Wasser. Er stand unsicher, unter seinen Schuhen war es glitschig, der Teichgrund uneben. Abrupt spürte er den Schmerz in seinem kürzeren Bein. Die Burschen, allesamt in Stiefeln und Jeans, standen um ihn herum im Wasser. Ihr Grinsen war nicht mehr übermütig oder belustigt, sondern gefährlich bösartig.

Von zwei Seiten gleichzeitig bekam Homer einen Schlag versetzt. Er verlor seinen ohnehin unsicheren Halt und fiel rücklings in das lauwarme schmutzige Wasser. So schnell er konnte, drehte er sich um. Auf allen vieren und pudelnass sah er den bedrohlichen Wald von Beinen um sich herum. Die Angst griff jetzt in sein Hirn, Panik erfasste ihn. Neben ihm schwamm aufgeschlagen Hesses »Lektüre für Minuten«. Mit starrem Blick glotzte er das Buch an, das leicht im bewegten Wasser schaukelte, so als gäbe es im Moment für ihn nichts Interessanteres.

Wie aus dem Nichts kam der Tritt in seine Seite, der ihn weiter ins Wasser warf. Er hörte das Schreien wie durch einen Schleier. Dann eine giftige schrille Stimme: »Geben wir ihm den Rest?«

Seine Reaktion war instinktiv. Er sprang auf, stand bis über den Knien im Wasser, breitete die Arme aus, den Kopf zum blauen Himmel gerichtet: »*Artemis, Tochter des Zeus, erhabene Göttin, o könntest du, den Pfeil in die Brust mir schießend, das Leben mir jetzt gleich nehmend, oder entraffte danach mich ein wirbelnder Sturmwind, der mich im Fluge mit sich trüge auf dunstigen Pfaden.*«

Er achtete gar nicht mehr auf seine Angreifer. Er war weit weg, unerreichbar für sie.

Die Kerle gafften ihn verständnislos an. »Der ist verrückt geworden«, vermutete einer, und das klang unsicher, fast ängstlich.

»Wir verschwinden«, kommandierte der Anführer. Zum Abschied versetzte er Homer noch einen kräftigen Stoß, der ihn auf dem Hintern landen ließ. Bis zur Brust hockte er im Wasser, sah den davonstapfenden Typen nach. Und kurz darauf waren sie zwischen den Bäumen und Büschen verschwunden.

In Griffweite schwamm noch immer das Buch. Homer nahm es unbewusst und stopfte es in seine Brusttasche. Dann stützte er sich auf dem Teichgrund ab und erhob sich schwerfällig. Ihm wurde schwindlig, die nahen Bäume schienen sich um ihn zu drehen. Alle Dämme brachen. Würgend kotzte er ins Wasser. Erst allmählich ließ der Drang nach. Homer fror und schwitzte gleichzeitig, zitterte am ganzen Körper. Für ihn gab es die Zeit nicht mehr, er war allein, ihm war sterbensübel.

Ganz langsam, Schritt um Schritt, immer noch spuckend, bewegte er sich zum Ufer. Kaum hatte er festen Boden unter den Füßen, eilte er auf die nahen Büsche zu. Er riss sich die Hose auf, und zwischen dem dichten Grün herunter und hockte sich hin. Schweiß rann ihm über das Gesicht, brannte in den Augen. Eine solch beschissene Angst hatte er in seinem Leben noch nie verspürt.

Falk sah den Freund mehr über den Hof wanken und stolpern als gehen. Er eilte die Treppe hinunter und Homer entgegen. Dessen Aussehen ließ ihn erschrecken: bleich, die Haare im Gesicht, ohne Brille, nass und völlig verdreckt. Lukas nahm Homer am Arm und führte ihn. Die Treppe hinauf trug er ihn fast. Im Badezimmer setzte er Homer auf einen Schemel und ließ Wasser in die Wanne.

»Was ist geschehen, Homer?«

Zuerst reagierte Homer nicht. Ganz langsam hob er den Kopf und sah Lukas aus blutunterlaufenen Augen an.

»Ein tiefer Schluck aus dem Schierlingsbecher.« Falk verstand ihn kaum.

Homer ließ den Kopf wieder sinken. Falk lehnte sich an den Wannenrand. Er machte sich Sorgen. Der Freund bot einen geradezu jämmerlichen Anblick.

Falk drehte das Wasser ab und legte die Hand auf Homers Schulter. »Leg dich in die Wanne. Ich mache dir einen Tee.«

Noch einen Moment blieb Homer weiter unbeweglich sitzen. Halblaut sagte er: »Diese kleinen Drachen.« Dann begann er sich auszukleiden, warf die einzelnen Stücke in die Ecke.

Falk kehrte mit einer großen, dampfenden Tasse Tee zurück. Homer lag mit geschlossenen Augen im Wasser. Falk stand vor der Wanne und sah ihn an. Die schmale weiße Brust mit dem spärlichen Haarwuchs hob und senkte sich ruhig, so als schliefe er. Doch Homer öffnete die Augen und sah Lukas an. Falk reichte ihm die Tasse, zog

den Hocker heran und setzte sich. Schluckweise schlürfte Homer den Tee. Die Tasse hielt er mit beiden Händen. Sie sprachen kein Wort. Erst als er Falk die leere Tasse zurückgab, sagte Homer: »Danke Lukas. Sag mal, hast du was zum Rauchen da?«
»Aha, erwachen deine Lebensgeister wieder? Bin ich erleichtert, Homer! Warte einen Moment.«
Kurz darauf stellte Falk einen Aschenbecher auf den breiten Wannenrand, gab Homer eine Zigarette und Feuer. »Renates Zigaretten«, erklärte er.
Homer machte einige tiefe Züge, sah dann Falk durchdringend an. »Ich war noch nie so froh, dich zu sehen, Lukas, wie vorhin auf dem Hof.«
»Was ist geschehen, Homer?«
»Sie haben mich überfallen, Lukas.«
»Wer?«
»Erinnerst du dich an diese herumlungernden Typen vor dem »Bären«?«
Lukas nickte.
»Die haben mich in der Klenze-Anlage aufgemischt.«
Falk sagte nichts.
Homer drückte die Zigarette aus. »Gib mir bitte noch eine.«
Die zweite Zigarette brannte, da sagte Homer: »*Wo der feige Mann und der mutige deutlich ans Licht kommt.*«
»Vergiss mal deinen Homer und erzähle, was passiert ist.«
»Du, Lukas, ich glaube, gerade Homer hat mich aus dieser misslichen Lage gerettet.«
»Erzähle.«
Homer berichtete, zum Teil stockend; wieder stand ihm Schweiß auf der Stirn. Falk hörte stumm zu. Bis er zum Ende kam, rauchte Homer noch zwei Zigaretten.
»Ein starkes Stück«, sagte Falk.
»Das war per se kein Zufall«, behauptete Homer.
»Das sehe ich auch so. Jemand wollte dir einen gehörigen Schrecken einjagen.«
»Dieser Jemand kann einen vollen Erfolg verbuchen.«
»Was hat diese Reaktion ausgelöst?«
»Mein Gespräch mit der Steinhoff? Unser Treffen mit dem Baron? Mein Besuch bei Bermühler? Oder dein Architekt?«
»Was heißt: mein Architekt?«
»Hast du ihm nicht gesagt, er solle die Analyse in meinem Auftrag erstellen?«

»Hab ich, richtig.«
»Also! Es kann ebenso sein, dass wir, ohne es zu wissen, bei irgendwem einen empfindlichen Nerv getroffen haben.«
»Apropos Architekt. Ich habe von ihm ein E-Mail bekommen. Er ist fündig geworden!
»Oha.«
»Im untersten Stockwerk des Turms, im Keller also, befindet sich ein Zugang zu den Gewölben. Er ist zugemauert.«
»Interessant. Warum ist er zugemauert?«
»Keine Ahnung.«
Falk griff ins Wasser. »Lass dir warmes Wasser nachlaufen. Oder steig aus dem Wasser, Homer. Nicht, dass du dich erkältest. Wie geht es dir jetzt?«
»Ich glaube, ganz passabel.« Homer erhob sich und griff sofort nach Falk.
»Komm, ich helfe dir.«
Homer, nackt wie Gott ihn schuf, stand vor der Wanne.
Falk wickelte ihn in ein Badetuch, legte ihm den Arm um die Schulter und brachte ihn ins Wohnzimmer. Als Homer saß, holte Falk eine Flasche Whiskey, goss reichlich in zwei Gläser.
»Noch mal zu dem Architekten. Mir ist gerade etwas eingefallen. Er hat mit einem Kollegen ein gemeinsames Büro. Und der Kollege arbeitet häufig mit Laaser zusammen«, sagte Falk.
»Immer wieder Laaser. Ist es tatsächlich möglich, dass er hinter dieser ganzen Schweinerei steckt?«
»Wer weiß, Homer.«
Homer betrachtete intensiv den Whiskey im Glas. »Irgendwie habe ich das Gefühl, dass wir kurz vor dem Punkt stehen, wo sich die Schleier heben und die Wahrheit zu erkennen ist.«
»Sei mal nicht zu optimistisch, Homer. Zuerst einmal müssen wir an das nahe Liegende denken: an dich.«
»An mich?«
»Du bist allein in deinem Haus. Was ist, wenn die Typen noch einmal auftauchen?«
»Puh, Lukas, mit dieser Frage habe ich ein Problem. Wenn ich daran denke, wird mir fast schon wieder schlecht. Das ist schwach, oder? Ich bin nun mal kein Held.«
»Quatsch! Wer ist das schon? Wir müssen vorbeugen.«
»Wie?«
»Wir müssen den Vorfall der Polizei anzeigen.«
»Und dann? Stellen die mir ein Polizeiauto vor das Haus? Sitzt ein

Polizist in meiner Wohnung? Ich glaube es nicht. Das ist denen sicher alles zu vage. Es gibt keine Zeugen. Ich weiß nicht, ob die Idee gut ist.«
»Es gibt eine Alternative.«
»Welche?«
»Lass mich mal machen.«
Falk stellte das Glas auf den Tisch und ging zum Telefon. Er führte ein längeres Gespräch, von dem Homer allerdings so gut wie nichts mitbekam. Beinahe unmittelbar nach dem letzten Schluck schlief Homer ein, das leere Glas noch in der Hand.
Homer schlug die Augen auf. Inzwischen brannte Licht in Falks Wohnzimmer. Er lag auf der Couch, ein Kissen unter dem Kopf, in eine Wolldecke gehüllt. Auf der anderen Tischseite saßen drei Personen. Falk, neben ihm Renate, und in der Couchecke ein auch im Sitzen riesiger Mann, den Homer noch nie gesehen hatte.
»Gut geschlafen, Homer?« fragte Falk lächelnd.
»Wunderbar.«
»Bist doch ein zäher Hundling.«
Homer setzte sich auf. Im Bemühen, die Decke um sich zu halten, bemerkte er, dass er eine Trainingshose und ein T-Shirt anhatte. Er sah den Riesen an und der sah zurück. Plötzlich fing der Mann an, auf seiner Zunge zu kauen. Oder war es doch ein Kaugummi? Falk entging die stumme Kommunikation nicht, und er sagte: »Homer, das ist Herr Krimmer. Ludwig Krimmer. Er wird bis auf weiteres auf dich aufpassen.«
»Ich verstehe nicht …«
»Herr Krimmer ist ein Personenschützer. Auf neudeutsch Bodyguard. Er wird dir die Typen, sollten sie wieder auftauchen, vom Hals halten.«
»Lukas, ich ….«, versuchte Homer den Ansatz eines Protestes.
»Vergiss deinen Stolz, mein Freund. Du hast doch allein gegen diese Kerle keine Chance.«
Resigniert, dabei unendlich erleichtert, zuckte Homer mit den Schultern.
»Ich habe Thalhaus, den Galeristen von Gregor Münch, angerufen«, erklärte Falk. »Er arbeitet häufig mit einer Firma für Personen- und Objektschutz zusammen. Ich habe ihn über die notwendigsten Fakten ins Bild gesetzt und ihm expressis verbis klar gemacht, dass du noch heute Abend Schutz benötigst. Jetzt ist Herr Krimmer also da, und er bleibt, solange es notwendig erscheint.«
Homer schob die Decke von sich, stand auf, reichte Krimmer die

Hand über den Tisch und sagte: »Ich freue mich ehrlich, dass Sie da sind, Herr Krimmer. Die Erfahrung, ein Opfer zu sein, war nicht lustig.«

Krimmer erhob sich zu seiner ganzen Größe, sah freundlich auf Homer herab und schüttelte vorsichtig dessen kleine Hand.

Donnerstag

Der Artikel von Holger Michl füllte die Seite eins des »Kreisboten« von Firstau:

»Das Labyrinth im Schlossberg. Mächtig erhebt sich unser Schlossberg aus der Ebene. Gekrönt wird der in der Eiszeit entstandene lang gezogene Höhenrücken vom Schloss, der Stadtkirche und der romantischen Altstadt mit dem Sankt-Benedikt-Kloster. Hat man das schöne Bild vor Augen, wer denkt dann schon daran, dass unter dem Schloss und dem anschließenden Park eine geheimnisvolle Unterwelt existiert? Das Labyrinth, wenn man es einmal so nennen will, ist allgemein bekannt, aber doch irgendwie aus dem Bewusstsein der Firstauer entschwunden.

Mitglieder des Geschichtsvereins hatten die Möglichkeit, alte Pläne und Unterlagen, so weit sie noch vorhanden sind, einzusehen und zu studieren, und die Gelegenheit, einige Male im Berg persönliche Eindrücke zu gewinnen.

An der Stelle, an der ab 1696 das Schloss erbaut wurde, stand früher eine Burg. Urkundlich zum ersten Mal erwähnt wird sie 972. Mehrmals wurde sie zerstört und wieder aufgebaut. Es ist sicher, dass die ersten Bauten im Untergrund von den Burgherren stammen. Planmäßig wurde jedoch erst mit dem Schlossbau auch das Labyrinth erweitert. Welchen Zwecken diente es? Hierzu gibt es nur einige wenige Hinweise, und wir sind somit weitgehend auf Vermutungen angewiesen. Da es am Hang und am Fuß des Schlossberges etliche Ausgänge gab und auch noch gibt, werden es wohl auch Fluchtmöglichkeiten gewesen sein. Größere und kleinere Gewölbe weisen auf Lagerräume hin. Hierzu geben vage schriftliche Unterlagen eine ungewisse Bestätigung. Auch in den Klosterannalen lässt sich etwas finden. Besonders interessant ist das, weil es die enge Verbindung von Schloss und Kloster bestätigt.

Die letzte und auch am besten dokumentierte Bautätigkeit am Labyrinth fand Anfang des letzten Jahrhunderts statt. Es entstanden einige große, gemauerte Kellergewölbe für eine Brauerei. Dieser Bereich ist es auch, der bis in die ersten Jahrzehnte unseres Jahrhunderts durch die Brauerei sowie eine Champignonzucht genutzt wurde.

Wie sieht es heute in diesem geheimnisvollen Untergrund aus? Benutzt man den Zugang von der Brauerei aus, staunt man über den guten Erhalt, auch wenn es sich um den jüngsten Teil handelt. Erreicht man dann die älteren und ganz alten Bereiche, ist der Verfall nicht zu übersehen, und man hat sofort das beklemmende Gefühl, dass es nicht ganz ungefährlich ist, sich hier aufzuhalten. Sehr viele Gänge und Gewölbe sind eingestürzt. Treppen haben sich verzogen und sind nur mit besonderer Vorsicht zu begehen. Schutthaufen und vermodertes Holz erschweren das Durchkommen. Dicke graue Spinnweben, Wurzeln, die durch die gemauerten Decken wachsen, hängen frei im Raum. Die Luft ist muffig, es ist kalt. Meist in Nähe der versteckten Luftschächte erschrecken Fledermäuse den Eindringling. Überall raschelt und rieselt es. Die Expedition in diese dunkle Unterwelt ist ein aufregendes Abenteuer.

Eine Erwähnung verdient auch der Wasserturm. Er soll eine Verbindung zum Labyrinth haben, zumindest gehabt haben. In die Tiefgeschosse des Turm zu steigen ist ebenfalls ein nicht ungefährliches Unternehmen. Auch hier hat der Zahn der Zeit ganz kräftig genagt. Aber nicht nur im Kellerbereich, auch sonst ist der Turm in einem beklagenswerten Zustand. Hier sollte bald Abhilfe geschaffen werden. Die Wendeltreppe nach oben zu steigen erfordert nicht nur Mut, sondern auch eine gute Portion Leichtsinn. Kaum eine Fensterscheibe ist noch heil. In den Räumen huschen Mäuse und Ratten umher. Unter dem Zwiebeldach ist das Reich der Tauben. Das Dach ist undicht, es regnet herein, und das seit vielen Jahren. Was könnte man nicht aus diesem so wunderlichen Bauwerk machen! An Ideen fehlt es nicht – nur am guten Willen. Die Mitglieder des Geschichtsvereins hoffen, in absehbarer Zeit endlich einmal ein offenes Ohr bei der Stadtverwaltung zu finden, anderenfalls wird die Zeit siegen. Und das wäre mehr als schade.«

Homer hatte Kaffee gekocht und den Tisch gedeckt. Ludwig Krimmer war zum Bäcker unterwegs, um Semmeln zu holen. Homer las den Artikel aufmerksam, legte dann die Zeitung zusammen. »Interessant«, murmelte er, stand auf und ging hinüber ins Schlafzimmer. Gedankenverloren und hoffend sah er zur Villa Aumüller. Er trug eine seiner Ersatzbrillen. Als er die Wohnungstür zuschlagen hörte, hatte sich Biggi noch nicht sehen lassen.
»Homer!« rief Krimmer.
»Ich komme, Ludwig.« Mit einem resignierten Lächeln wandte er sich vom Fenster ab.
Krimmer saß schon am Tisch und bestrich eine Semmel mit Butter. Homer nahm die Glaskanne und goss Kaffee in beide Tassen.

»Hast du den Artikel gelesen, Homer? Ja? Gibst du mir eine Zusammenfassung?«
Homer setzte sich, rückte umständlich den Stuhl zurecht. Während er sich eine Semmel zurechtmachte, entsprach er dem Wunsch. Zum Schluss sagte er: »Ich hätte nicht gedacht, wie interessant das Thema ist. Dabei bin ich ein alter Firstauer.«
»Ich würde mich dort auch gerne mal umsehen«, sagte Krimmer zwischen zwei kräftigen Bissen.
Nach seiner ersten Semmel nahm Homer die Zeitung und las im Wortlaut Falks Aufruf an die Leser vor, sich doch mit Wissenswertem zu dem Artikel, besonders zum Wasserturm, zu melden.
»Wird der Appell Erfolg haben? Was meinst du, Homer?«
»Ich hoffe es. Ein einziger Hinweis, der uns weiterhilft, genügt.«
Fantasievoll begannen sie mit Spekulationen zu spielen.
Homer goss noch einmal Kaffee nach.
»Gibst du mir bitte den Sportteil, Homer? Es gibt doch einen Sportteil?«
Krimmer faltete die Zeitung auf. Homer sah seinen Kopf nur noch ab der Nase aufwärts. Er fühlte sich mit diesem Mann wohl.

Noch am Vorabend hatte sich Krimmer Homers Haus einschließlich der Buchhandlung zeigen lassen, um sich ein Bild zu machen, wie er meinte.
»Ich muss sagen, Herr Kreitmayer, bei Ihnen gefällt es mir«, sagte Krimmer, als sie im Wohnzimmer saßen. Er machte eine unbestimmte weite Bewegung mit dem rechten Arm. »Es passt alles irgendwie zu Ihnen, wenn ich das sagen darf.«
Homer schmunzelte. »Manchmal verspüre ich schon einen Drang, all den alten Plunder rauszuwerfen, die vergilbten Tapeten runterzureißen. Aber letztendlich lasse ich es dann doch sein. Das alles hat mich viele Jahre lang begleitet.«
Krimmer war bereits von Falk über ihren Fall in Kenntnis gesetzt worden. Von Homer ließ er sich jetzt verschiedene Einzelheiten schildern, hörte geduldig zu.
Homer fand es sympathisch, dass der Riese keine schnellen Schlüsse parat hatte oder sich als Besserwisser aufspielte.
Erst zum Schluss zog Krimmer ein Fazit: »Ich gratuliere zu Ihrer sensiblen Nase. Augenscheinlich geht es hier um Ursache und Wirkung. Da ist etwas vorgefallen, und alles Folgende bezieht sich darauf. Und irgendwer bestimmt die Spielregeln. Wer? Dieser Laaser?«
»Wir vermuten es«, sagte Homer.

Sie tranken Cola, redeten und kamen vom Hundertsten ins Tausendste. So fragte Homer Krimmer nach seinem Job als Bodyguard, übte sich seinerseits als Zuhörer, rauchte.

»Sie sehen, Herr Kreitmayer«, sagte Krimmer abschließend zu diesem Thema, »wir bewegen uns in einem Dschungel. So ist das wohl in unserer Zeit. Es scheint so, als sei der Starke und oft Unmoralische zumeist der Sieger.«

Homer sagte. »Vielleicht gelingt es uns ja, solch einem Sieger ein Bein zu stellen.«

»Vielleicht.«

Danach stand Homer wiederum Rede und Antwort. Krimmer fragte ihm sozusagen Löcher in den Bauch über seinen Beruf als Buchhändler. Homer spürte bald, dass sein Gegenüber ehrlich interessiert war. Immer wieder im Laufe der Unterhaltung bemerkte er Krimmers offenbar breites Allgemeinwissen. Aber irgendwie war es ein punktuelles Wissen, wenig in die Tiefe gehend. Verlegen, dabei auf seiner Zunge kauend, gestand Krimmer auf Homers vorsichtige Frage ein, dass er sich außer mit Schul- und Fachliteratur nie viel mit Büchern abgegeben habe. Als Jugendlicher hatte er ein umfangreiches Frage- und Antwortspiel geschenkt bekommen, das aber niemand mit ihm spielte. Da ihn die Karten jedoch wie magisch anzogen, beschäftigte er sich viel in seiner Freizeit damit. So habe er noch heute die Fragen und Antworten fast vollständig im Kopf, meinte Krimmer.

Dieses Eingeständnis ließ zwischen ihnen die letzte unsichtbare Mauer verschwinden. Sie erzählten sich in mehr oder minder groben Zügen ihr Leben, mal der eine, mal der andere. Irgendwann sagten sie »Du« zueinander.

Krimmers Vita war die eines Einzelgängers. Nach der mittleren Reife hatte er die Ausbildung zum Kraftfahrzeugmechaniker gemacht. Bei der Bundeswehr hatte er sich zum Einzelkämpfer ausbilden lassen, war für zwölf Jahre Soldat geblieben. Danach trampte er ein Jahr lang allein durch Amerika. Erst als er in die Firma eintrat, für die er heute tätig war, gewann er mehr Kontakt.

Homer zeichnete ein Bild von seinen beiden wichtigsten Bezugspersonen, seinem Großvater Anton, der ihm in Kindheit und Jugend mit Rat und Tat zur Seite stand, und seinem Lehrer Klaus Brock, der ihm die Klassiker der Literatur zu lesen gab, sie zu verstehen und zu lieben lehrte. Seine Eltern? Seine Mutter bewegte sich in der so genannten guten Gesellschaft und fand kaum Zeit für den Sohn. Der Vater war Ingenieur und Erfinder, reiste durch die Welt, kümmerte

sich um seine zwei Fabriken. Der Sohn bewunderte seinen erfolgreichen Vater grenzenlos. Zu gerne wäre er, bis zum Tod des Vaters, dem Älteren nicht nur Sohn sondern auch ein Freund gewesen. Aber der Vater ließ den Sohn nicht an sich heran. Weshalb, erfuhr Homer nie.
»In der Odyssee fand ich eines Tages einen Satz wie für mich geschrieben. *Ach, ich wünschte, ich wäre der Sohn eines glücklichen Mannes.*«
»War dein Vater nicht glücklich?«
»Ich weiß es nicht. Aber ich glaube, er war es nicht. Vielleicht stellte er eines Tages fest, dass Erfolg und Reichtum nicht alles ist. Aber da war es für ihn nicht mehr möglich umzukehren. Darum schwor ich mir, es anders zu machen als mein Vater. Doch auch bei mir ist nicht alles glatt gelaufen. Dennoch bin ich relativ zufrieden und tue das, was mir wirklich Freude macht.«
»Der Buchladen?«
»Ja, der Buchladen. Ich bin Alleinerbe meines Vaters. Er hat mir wenig Liebe gegeben, aber er hat mir viel, viel Geld hinterlassen. So kann ich ohne finanzielle Sorgen leben.«
Einen Moment war es still zwischen ihnen. Homer griff nach einem schmalen, langen Köfferchen, das neben ihm auf einem Schränkchen lag. Daraus nahm er eine silbern glänzende Flöte. Für mehrere Minuten ließ er mit geschlossenen Augen das Instrument erklingen.
»Siehst du, Ludwig, das ist neben den Büchern auch eine große Leidenschaft von mir.«
»Schön, Homer, sehr schön.«
Krimmer sagte, dass er die Beatles über alles liebe.
»Auch keine schlechte Wahl, Ludwig.«
»Hast du mal auf ihr perfektes Zusammenspiel geachtet? Das ist Teamwork. Ich bewundere Teamwork. Wahrscheinlich weil ich dazu so wenig in der Lage bin.«

Die beiden Jungen standen draußen auf dem Bürgersteig über das Fußballbuch gebeugt, das Homer ihnen gerade verkauft hatte. Einen Moment sah er ihnen zu, dann ging er zu der Holztreppe im Hintergrund. Er beugte sich vor und schaute nach unten in sein Antiquariat. Seitlich stapelten sich die gelieferten Bücherpakete zum Auspacken. Ludwig Krimmer kniete gerade vor einem großen Paket, einen Lieferschein in der Hand.
»Alles klar, Ludwig?«
Krimmer schaute mit hellem Gesicht hoch. »Ob du es glaubst oder nicht, Homer, es macht Spaß.«

»Prima. Dann bin ich beruhigt.«
»Übrigens, Homer, jedes Mal, wenn die Türglocke geht, sehe ich hoch. Okay?«
»Danke, Ludwig.«
Während der nächsten halben Stunde gaben sich die Kunden die Türklinke regelrecht in die Hand. Danach war es plötzlich wieder ruhig.
Und dann kamen die drei Männer. Homer erkannte sie sofort. Der Schreck fuhr ihm wie ein Blitz in die Glieder. Seine Hände krallten sich in das Holz des Tisches. Gehetzt sah er erst zum Schaufenster hinaus, auf einen nahenden Kunden hoffend, dann zur Treppe. Wo blieb Ludwig? Zwei der Kerle schlenderten lässig durch den Laden, warfen Bücherstapel auf dem Tisch um, einige Exemplare fielen auf den Boden. Einer stieß einen Taschenbuchständer um und rief, als sei er erschrocken: »Huch!«
Erstarrt, wie in einem Albtraum, unfähig, sich zu rühren, folgte Homer dem Treiben. Der Dritte lehnte einige Augenblicke ruhig am Ladentisch. Dann kam er herum und pflanzte sich vor Homer auf. Homer spürte wieder diese fürchterliche, unkontrollierbare Angst. Sekunden dehnten sich zu kleinen Ewigkeiten.
»Servus, kleiner Mann. So schnell sieht man sich wieder.«
Homer wollte etwas sagen, öffnete automatisch die Lippen, aber er brachte keinen Laut heraus. Ludwig! schoss es ihm durch den Kopf, wo bleibst du?
»Wie gestern wird dir auch heute niemand helfen, Klugscheißer.«
Ein Schrei: »Ötsch!«
Homer nahm schnelle Bewegungen wahr. Wie vom Teufel gehetzt rannten zwei der Typen zur Tür, rissen sie auf und waren draußen. Und der dritte? Der stand von Ludwigs mächtiger Faust wie an das Regal genagelt. Krimmer sah Homer an. In seinem Gesicht war keine Spur mehr von Freundlichkeit zu erkennen. Kantig und streng war das Gesicht, eisig schauten die blauen Augen. Das war nicht der neue Freund Ludwig, das war Krimmer, der Bodyguard. Homer war trotz der Situation fasziniert.
»Tut mir Leid, Homer. Ich musste erst abwarten, was die Kerle vorhaben.«
»Klar«, krächzte Homer.
»Nun zu dir, böser Bube.« Krimmers Stimme klang kalt wie Stahl.
»Wie heißt du? Wer hat dich geschickt?«
Ötsch, so hatte ihn sein Kumpel gerufen, schwieg, glotzte den blonden Riesen mit angstvollen und dennoch trotzigen Augen an.

»Homer, prüfe den Schaden«, befahl Krimmer. Mit schnellen Griffen drehte er den Mann um, packte ihn an Kragen und Gürtel, trug ihn wie eine leichte Schaufensterpuppe zur Treppe und nach unten.

Wie in Trance stellte Homer den Ständer wieder gerade, richtete die Bücher aus, hob die Bücher vom Boden auf, prüfte sie, legte sie zurück auf den schiefen Stapel, drückte ihn zurecht. Von unten hörte er bis auf ein kurzes Stöhnen nichts. Immer wieder spähte er nach draußen, froh darüber, dass niemand kam.

Dann stolperte der Kerl die Treppe hoch, kreidebleich, Krimmers Faust im Nacken. Mitten im Raum versetzte Krimmer ihm einen Stoß, der ihn ohne Mühe bis zur Tür beförderte. Der Mann hatte die Geistesgegenwart sich an der Tür abzufedern und sie gleich darauf aufzureißen. Und schon, ohne einen Blick zurück, war er verschwunden.

Krimmer grinste. Es war ein schlimmes Grinsen. Ludwigs zwei Gesichter, dachte Homer.

Die Hände auf den Rücken, ging Krimmer zum Schaufenster und sah auf die Straße hinaus. Als er sich wieder umdrehte, lächelte der freundliche Ludwig Homer an. Er trat auf Homer zu, legte ihm beide Hände auf die Schulter.

»Ich bin da, Homer, verstehst du?«
»Danke, Ludwig.«
»Unsinn.« Er schüttelte den Kopf. »Was sind das für dumme Buben?«
»Die, die nicht an die Strafe der Götter denken.«
»War das Homer?«
»Ja.« Dann: »Was hast du mit ihm gemacht?«
»Ich habe ihm ein wenig den Kopf gewaschen. Ich hab' seinen Namen und seine Adresse. Aber das ist nicht so wichtig. Wo ist das Wirtshaus »Zur Lände«?«
Homer sagte es ihm. »Was ist mit dem Wirtshaus?«
»Der Wirt hat die Burschen geschickt.«
Ungläubig schüttelte Homer den Kopf. »Warum?«
»Das werde ich herausfinden. Kennst du ihn?«
»Wen?«
»Den Wirt.«
»Nein. In der »Lände« wechselt der Wirt häufig. Wer es jetzt ist, weiß ich nicht. Ich trinke gerne was, aber nicht in der »Lände«.«
»Kein gutes Lokal?«
»Nein, kein gutes Lokal.«
»Hast du geprüft, welchen Schaden du hast?«

»Alles klar.«
»Wirklich?«
»Wirklich.«
Die Türglocke schlug an. Krimmer verschwand wieder nach unten.
Wie ist der Buchmarkt organisiert? Wie bedient sich Homer dieses Marktes? Wie wählt er aus Hunderttausenden Büchern für seinen Laden aus? Wie waren die in der Buchhandlung vorrätigen Bücher geordnet?
Ludwig Krimmer lehnte mit dem Rücken am Ladentisch und hörte Homer aufmerksam zu. Homer spazierte dozierend durch den Raum, mit den Händen seine Worte untermalend.
Das Glockenspiel an der Tür erklang. Homer drehte sich um und gab dann sofort Krimmer mit den Augen ein Zeichen.
»Grüß Gott, Frau Doktor Steinhoff.« Scheinbar hocherfreut, deutete er eine Verbeugung an. Wieder nahm er den zarten Lavendelduft war.
»Grüß Gott, Herr Kreitmayer.«
Die Anwältin trug gut sitzende dunkle Hosen, einen leichten anthrazitfarbenen Pullover mit rundem Ausschnitt, um den schmalen Hals eine dezente Goldkette mit goldenem Kreuz. Sie war schlank, etwas mehr als mittelgroß, ihr Gesicht hatte fast klassische Züge, nur die Lippen waren vielleicht ein wenig zu voll. Die dunkelblonden Haare fielen glatt bis auf die Schultern. Frau Steinhoff war eine Schönheit.
»Ich danke Ihnen, dass Sie gekommen sind, Frau Doktor.«
Steinhoff gab sich kühl. »Herr Kreitmayer, Ihre Anspielungen erschienen mir im Nachhinein so wirr, dass ich doch noch einmal mit Ihnen reden wollte.«
»Das freut mich.«
»Also?« Tatsächlich, die grauen Augen blickten ihn fragend an.
»Da ich Ihre Zeit nicht über Gebühr beanspruchen möchte, gehe ich in medias res.«
»Tun Sie das.«
»Frau Doktor Steinhoff, Sie waren am Montag in München und haben Herrn Berthold Vogel einen ….«
»Berthold Vogel? Ist das der Penner, wie Sie sich populär ausdrückten?«
» … einen Umschlag mit Geld übergeben, um ihn damit zu überreden, sich unsichtbar zu machen.«
Auf ihrer Stirn erschienen Falten. »Diesen Blödsinn haben Sie

schon im Schloss von sich gegeben. Da scheint sich eine fixe Idee in Ihrem Kopf festgesetzt zu haben.« Ihre Worte klangen sehr ruhig, fast emotionslos. Ihre Augen sahen auf einen Punkt irgendwo in Homers Rücken.

»Ich weiß, wo Herr Vogel sich aufhält, Frau Doktor. Ich kann ihn jederzeit erreichen.«

Flackerten, als er so auf den Busch klopfte, kurz ihre Augen? »Ich gehe davon aus, Herr Kreitmayer, dass Sie wissen, auf welch dünnem Eis Sie sich bewegen. Sollte ich erfahren, dass Sie Ihre Behauptung verbreiten, werde ich Sie verklagen.«

Konterte sie ebenfalls mit einem Bluff? Nein, er war sicher, dass sie es ernst meinte. Ihm war plötzlich nicht mehr ganz wohl. Sie durfte nicht merken, dass er sich jetzt in der Defensive fühlte.

»Frau Doktor, in wessen Auftrag übergaben Sie das Geld?«

»Sie machen mich tatsächlich mit Ihrer Penetranz langsam ärgerlich. Ist es die Hitze, die Ihnen vielleicht zu sehr zusetzt?«

Homer hob die Schultern, ließ sie wieder sinken und stellte die nächste Frage: »Ist Herr Laaser an dem Areal am Schlossberg interessiert?«

Erstaunt zog die Anwältin ihre linke Augenbraue hoch und sah Homer direkt an. »Das ist kein Geheimnis. Herr Laaser ist im Immobiliengeschäft tätig. Ergo ist es für ihn legitim, sich für dieses Objekt zu interessieren.«

»Könnte es sein, Frau Doktor, dass der Klient, für den Sie den Geldboten spielten, Laaser heißt?«

Er hatte den Nagel auf den Kopf getroffen, punktgenau!

»Jetzt reicht es, Herr Kreitmayer.« Ihre Stimme klang fast schrill.

»Frau Doktor, ich will Ihnen sagen, warum ich nicht locker lasse. Ich denke, es wird womöglich versucht, einen Mord zu vertuschen.«

»Ihre Wahnvorstellungen sind unerträglich.« Die Anwältin drehte sich auf dem Absatz um und eilte zur Tür. Auf ihrem Rücken tanzte ein kleiner modischer Rucksack.

Mit der Hoffnung, ein bestimmtes Buch zu bekommen, betrat Loderer »Homer & Freunde«. Homer stellte dem kleinen Doktor Ludwig Krimmer vor. Warum der blonde Riese hier war, wollte er ihm später sagen.

»Ich bin sicher, Doktor, dass ich es habe. Geben Sie mir einige Minuten.«

Homer verschwand nach hinten. Ludwig las weiter in dem Buch, das ihm Homer in die Hand gedrückt hatte. Loderer trat vor eines der hohen Regale und studierte Rückentitel. Tatsächlich vergingen nur einige Minuten, bis Homer, das Gesuchte triumphierend in der Hand, zurückkehrte. Hocherfreut eilte ihm Loderer entgegen und nahm das Buch wie eine ersehnte Beute in Empfang.

Nachdem der geschäftliche Teil erledigt war, berichtete Homer von seinem Abenteuer am Vortag sowie dem heutigen zweiten »Besuch«. Er kam so richtig in Fahrt, ließ seiner Zunge freien Lauf. Loderer schmunzelte und sagte, als Homer zum Ende gekommen war: »Wie doch manchmal mit gewissem Abstand aus Tragödien beinahe Komödien werden, nicht wahr, Homer?«

Homer schaute den Doktor groß an. Dann grinste er verlegen. »Doktor, ich relativiere mein großmäuliges Gerede. Ich hatte verteufelte Angst.«

»Das nehme ich Ihnen ab. Zum Glück war heute Herr Krimmer hier.«

Homer zwinkerte Ludwig zu. »Da gibt es noch etwas«, sagte er. »Vorhin war Doktor Steinhoff hier.« Nun erstattete er diszipliniert Bericht.

Ein Kunde betrat die Buchhandlung. Homer fragte Krimmer: »Willst du, Ludwig?«

Ein Leuchten huschte über Krimmers Gesicht. Locker ging er auf den Kunden zu und fragte: »Kann ich Ihnen helfen?«

Homer und Loderer zogen sich ins Büro zurück.

»Frau Steinhoff hat nicht einmal versucht, Laasers Interesse an dem Gelände zu bestreiten. Könnte es tatsächlich sein, dass er die Fäden zieht?«

»Ist Laaser aber so bedenkenlos, einen Menschen ins Jenseits zu befördern?«

»Ich kann es mir eigentlich nur schwer vorstellen. Gut, Laaser ist ein harter Typ, der rücksichtslos seine geschäftlichen Ziele verfolgt. Aber Mord? Da muss dann schon mehr dahinter stecken, meine ich.«

»Wer weiß? Übrigens: Frau Steinhoff ist nicht nur Laasers Anwältin, sondern auch seine Geliebte.«

»Ist mir bekannt«, sagte Homer.

»Und, Homer: Laasers Frau weiß von dieser Liaison.«

»Das ist mal ein Ding, Doktor. Woher wissen Sie das?«

»Ich kenne Frau Laaser sehr gut. Sie war die Freundin meiner Frau. Und unser guter Kontakt hat all die Jahre gehalten. Ich werde Frau Laaser einen Besuch abstatten und flache Steine über das Wasser werfen. Mal sehen, was die Wellen ans Ufer schwemmen.«

»Sehr prosaisch, Doktor. Aber Vorsicht! Ich habe mich zu weit aus

dem Fenster gelehnt. Ergebnis: *Die Buben hauen auf ihn mit Stecken,* um es mit Homer zu sagen.«
»Loderer hielt Homer die Hand hin. »Danke für den Rat. Ich bin auch kein Held, bin a posteriori vorsichtig. Wir hören voneinander?«
»Aber sicher, Doktor.«
Sie verließen das Büro, gingen durch den Laden. Krimmer stand mit einer jungen Kundin vor dem Taschenbuchständer.
In der schon geöffneten Ladentür sagte Loderer: »Haben Sie von dem Frevel in der Richard-Strauß-Straße gehört?«
»Nein, Doktor. Welcher Frevel?«
»Das städtische Gartenbauamt hat die schönen Weiden in zirca zwei Metern Höhe abgesägt. Sie stehen jetzt da wie eine Reihe Geköpfter. Wenn ich das Bild vor mir sehe, steigt tatsächlich starker Ärger in mir hoch.«
»Ich werde es mir auf dem Weg zum Mittagessen ansehen und es Falk weitersagen. Ich treffe mich mit ihm.«
»Tun Sie das, Homer. Grüß Gott.«

Gemeinsam mit Ludwig Krimmer verließ Homer die Buchhandlung. Wie gewohnt schlug er den kürzesten Weg zum »Ischia« ein. Doch dann verhielt er jäh seinen Schritt.
»Was ist?« fragte Krimmer.
»Wir müssen zur Richard-Strauß-Straße. Ich habe es dem Doktor versprochen. Es ist nur ein kleiner Umweg.«
Sie gingen durch Nebenstraßen mit Einfamilienhäusern und Vorgärten und unterhielten sich über die Arbeit in der Buchhandlung. Homer freute sich, wie viel Spaß Ludwig sein »Aushilfsjob« machte. Als sie die Richard-Strauß-Straße erreichten, blieb Homer stehen, blickte nach links und rechts. »Nicht zu fassen«, sagte er kopfschüttelnd.
Die amputierten Weiden standen zwischen der Straße und dem schmalen Bach, der weiter unten in die Au mündete.
»Wem ist so etwas eingefallen?« fragte Ludwig.
»Laut Doktor Loderer dem Gartenbauamt.«
»Weshalb?«
»Das frage ich mich auch.«
Wenige Minuten später betraten sie das »Ischia«. Tonio stand hinter dem Tresen und zeigte nach hinten. Falk saß wie immer am Fenstertisch. Er schrieb in seinem Notizbuch. Bis Tonio die Tageskarte brachte, hatte Homer Falk bereits von den geköpften Bäumen erzählt.

»Ich sehe es mir auf dem Rückweg an«, sagte Falk.
Sie studierten die Karte, gaben Tonio ihre Wahl bekannt.
»Homer, die Kripo ist nach wie vor der Überzeugung, dass es sich um einen Unfall mit Todesfolge handelt.«
»Nie und nimmer«, behauptete Homer felsenfest. Dann erstattete er Falk Bericht über den Vormittag. Im Anschluss drehte sich munter ein Karussell von Mutmaßungen, Hypothesen, Möglichkeiten. Währenddessen nahmen sie ihr Essen fast automatisch zu sich, zu sehr waren sie in das Gespräch eingesponnen. Krimmer brachte es fertig, mit geschickten Fragen und überraschenden Ideen die fast schon festgetretenen Gedankenpfade von Homer und Falk aufzufrischen.

Zum Nachtisch bestellte Falk Tiramisu. Homer ließ sich noch ein Glas Rotwein, Krimmer eine weitere Cola bringen.

»Herr Falk«, fragte Krimmer, »wissen Sie, wer der Wirt der »Lände« ist und wem das Lokal gehört, wenn nicht ihm selbst?«

»Nein, das weiß ich nicht. Aber ich kann versuchen, es herauszufinden.«

»Warum hat ausgerechnet er die Typen auf mich gehetzt? Ich sehe keinen Zusammenhang. Es ergibt einfach keinen Sinn«, grübelte Homer laut.

»Wenn wir meine Fragen beantworten können, ergibt sich möglicherweise ein Sinn«, meinte Krimmer.

Und dann erschien überraschend Doktor Loderer. Er nahm auf dem vierten Stuhl Platz, sah die Karte gar nicht an, bestellte bei Tonio Spaghetti alla carbonara und ein Glas Orangensaft.

Mit leuchtenden Augen sah Loderer in die Runde.

»Ich komme gerade von Frau Laaser«, sagte er. Augenblicklich hatte er die volle Aufmerksamkeit. Er lehnte sich entspannt zurück.

»Homer, Ihnen habe ich ja gesagt, dass Frau Laaser die Freundin meiner Frau war. Sie ist eine bemerkenswerte, hoch gebildete und heute noch sehr hübsche Dame.«

Er legte eine kleine Pause ein. Als er weitersprach, spielte ein Anflug von Melancholie um seine Lippen.

»Barbara Laaser liebt es, den Reichtum ihres Mannes zu präsentieren. Aber das ist verzeihlich, da es ihre Schönheit nur unterstreicht. Sie kleidet sich geschmackvoll und teuer, ihre Haare sind schon am Vormittag wie frisch vom Frisör, sie trägt dezenten sündteuren Schmuck. Wir saßen auf der Terrasse, tranken Tee aus chinesischem Porzellan und unterhielten uns gut. Mit Barbara lässt sich angenehm plaudern. Ich denke, der Besuch war ein Erfolg.«

Loderer machte wieder eine Kunstpause, ließ die Spannung seiner Zuhörer ansteigen.

»Laaser sitzt wegen der Entscheidung des Stadtrats auf ziemlich heißen Kohlen. Dabei stehen seine Chancen gar nicht schlecht. Aber Barbara sagt, ihr Mann habe bereits sehr viel investiert.«

»Was investiert?« fragte Homer sofort.

»Geld, Homer, offenbar viel Geld. Er hat so ziemlich alle seine finanziellen Möglichkeiten ausgeschöpft, sagt Barbara, um zu kaufen und um Optionen auf Grundstücke und Immobilien zu bekommen. Im Klartext: Mit Ausnahme von Brauerei, Schlossbräu und Wasserturm gehört ihm inzwischen fast das ganze Areal bis hinunter zum Kirchplatz.«

»Fantastisch«, stammelte Homer.

»Nicht zu glauben«, assistierte Falk. »Warum?«

»Er will ein gänzlich neues Viertel schaffen. Es soll die Krönung seines Lebens werden. Auch solche Männer wie Laaser haben offensichtlich ihre ganz speziellen Träume.«

»Laaser spielt damit ein riskantes Spiel«, warf Homer ein.

»Er war schon immer eine Spielernatur, sagt Barbara. Er sucht und braucht den Nervenkitzel. Aber jetzt weiß er, dass er um alles oder nichts pokert. Er ist nervös und äußerst reizbar. Seit einigen Tagen benehme er sich wie ein Vulkan, der kurz vor dem Ausbruch steht, meint Barbara.«

»Seit letztem Freitag?« fragte Homer.

»Ich habe auch sofort daran gedacht. So gezielt wollte ich aber nicht nachfragen.«

Loderer trank von seinem Orangensaft. »Noch was Interessantes. Während Barbara und ich auf der Terrasse Tee tranken, saß Laaser mit Holzmacher in seinem Arbeitszimmer.«

»Leonhard Holzmacher?« fragte Falk.

»Ja«, sagte Loderer.

»Wer ist Holzmacher?« fragte Krimmer.

»Der Leiter des städtischen Bauamtes«, gab Falk die Antwort.

Homer stützte seinen Kopf in die Hände. »Was wissen wir über ihn?«

»Wenn du so fragst: Viel ist es nicht«, sagte Falk. »Holzmacher ist ein aufgeschlossener, umgänglicher Mann. Er muss knapp an die fünfzig sein, ist Architekt und versteht was von seinem Job. Sein Haus hat er in der Nähe vom Stadtwald. Er hat zwei Kinder. Das ist alles. Möglich, dass mein Archiv mehr hergibt.«

»Wie hängen die beiden zusammen?« wollte Krimmer wissen.

»Sie sind zusammen zur Schule gegangen, in ein Münchner Gymnasium. Ich weiß es von Barbara Laaser«, meldete sich Loderer.
»Entweder hängen die beiden seit damals zusammen oder aber Laaser hat sich bei Gelegenheit an den früheren Kumpel erinnert«, mutmaßte Homer.
»Öffentlich ist diese Freundschaft, wenn es denn eine ist, jedenfalls nicht.«
»Vielleicht gibt es gute Gründe, diese Freundschaft zu tarnen.«
Falk wirkte nachdenklich.
»Das könnte eine plausible Erklärung sein, warum Laaser bei mehreren Deals stets eine Nasenlänge vor seiner Konkurrenz ins Ziel kam.«
Loderer sagte: »In der Auffahrt zur Villa stand Laasers Wagen. Eine blauschwarze Limousine.«
Einen Augenblick war es still am Tisch. Loderer widmete sich seinem Nudelgericht.
Homer nahm den Faden wieder auf. »Fantasieren wir mal hemmungslos, ja? Von Vogel haben wir gehört, dass es in der Nacht zum Freitag zwei Männer waren. Er hat ein dickes dunkles Auto gesehen. Ich sage einfach mal, es waren Laaser und Holzmacher. Was hatten sie um diese Zeit am Turm zu suchen? Was war so dringend oder so geheim? Und was haben sie mit Hansi gemacht?«
Schweigen.
»Es bleibt ein Schattenspiel«, sagte Loderer.
»Dennoch glaube ich, Doktor, dass wir mit dieser Theorie von bislang schwankendem auf etwas festeren Boden gewechselt sind«, beharrte Homer. »Vogel bekam das Geld von der Steinhoff. Das ist, so meine ich, die Verbindung zu Laaser. Jetzt bleibt uns nur noch festzustellen, wer mir die Typen auf den Hals hetzte.«
»Nur noch ist gut, Homer.« Falk sah Homer an. »Aber du hast Recht. Wenn es da auch eine direkte Linie zu Laaser gibt, dann ...«
»Dann bescheint Eos im Safrangewand ringsum die Erde.«
Heiterkeit am Tisch.

Es war die Stunde, in der der Tag sich gerade noch gegen die Dämmerung behauptete. Der zunehmende Halbmond stand blass am wolkenlosen, allmählich dunkler werdenden Himmel.
Homer und Ludwig saßen im Garten hinter dem Haus. Homer trank Radler, Krimmer Wasser. Vorhin hatte Krimmer diverse gymnastische Übungen auf dem Rasen gemacht und danach mit einer

Leichtigkeit, die Homer schaudern ließ, Liegestützen hingelegt, so viele, dass Homer das Mitzählen bald aufgab.

Aus dem anfänglichen Frage- und Antwortspiel über klassische und moderne Literatur wurde ein langer Monolog Homers. Dann sprachen sie über den Mond, der mit zunehmender Dunkelheit an Farbe gewann. Homer erzählte über die erste Mondlandung. Erst als sie zu dem Thema Urlaub und Reisen kamen, konnte Ludwig gleichberechtigt zur Unterhaltung beitragen.

»Reisen ist mein großes Hobby, Homer. Einmal im Jahr mache ich Urlaub, meist sechs Wochen. Ich bin dann mit Flugzeug, Schiff, Eisenbahn, Motorrad oder zu Fuß unterwegs.« Stolz leuchtete aus seinen Augen, als er sagte: »Ich hab' viel gesehen von der Welt. Ich war auf allen Kontinenten. Aber noch gibt es so viel zu sehen.«

Homer forderte ihn auf, von seinen Reisen zu erzählen, was Ludwig auch gern und ausführlich tat. Gerade hatte er anschaulich geschildert, wie er in der Mitte Australiens am Ayers Rock stand, als er abbrach und meinte: »Jetzt quatsche ich dich nieder, Homer.«

»Nein, Ludwig, ich höre dir gern zu.«

»Wie schaut es bei dir aus mit Reisen, Homer? Wo und wie verbringst du deinen Urlaub?«

Homer zündete sich in Ruhe eine Zigarette an.

»Ich habe auch einige schöne Reisen unternommen, doch mit dir kann ich mich nicht messen. Ich darf nicht zu lange von meiner Buchhandlung wegbleiben. Maximal sind vierzehn Tage möglich, meist nur zwei oder drei Mal im Jahr eine Woche. Dann fahre ich meist nach Korfu, wo ich ein Haus habe.«

»Du hast ein Haus auf Korfu?«

»Ein wunderschönes Haus. Nicht groß, herrlich gelegen, am Rand eines alten Olivenhains, auf halber Höhe am Hang eines Berges, mit weitem Blick über die Küste und hinaus aufs Ionische Meer.«

Homer erzählte. Krimmer erzählte.

Plötzlich, nach einem schnellen Blick auf seine Uhr, erhob sich Krimmer aus seinem Stuhl.

»Quo vadis, Ludwig?«

»Ich werde diesem Wirtshaus »Zur Lände« einen Besuch abstatten.«

Homer schaute Krimmer mit großen Augen an. »*Sage, was hast du im Sinn?*«

»Der Wirt hat dir die Typen geschickt. Ich will ihn fragen, warum?«

»Sei vorsichtig, Ludwig.«

»Das bin ich immer, Homer. Du, bitte, gehst ins Haus und schließt alle Türen ab, ja?«

»Hast du den Schlüssel?«

Ludwig griff in seine Hosentasche, zeigte den Schlüssel, steckte ihn zurück.

Wie ein abendlicher Spaziergänger schlenderte Krimmer über die Christophorus-Brücke und bog in die Flößerstraße ein. Gegenüber dem Wirtshaus, in der Einfahrt zu einer kleinen Elektrowerkstatt, blieb er unter einer Birke stehen. Minutenlang sah er zu den erleuchteten Fenstern hinüber. Direkt vor der Gaststätte parkten zwei Autos, weiter vorne noch eines. Auf Krimmers Seite standen vier Wagen in Reihe. Neben der »Lände« war ein Hof, das Tor geschlossen, dahinter drei kleinere Lastwagen. Es sah so aus, als gehörte der Hof nicht zum Wirtshaus.

Ohne einen Blick zum Wirtshaus hin ging er langsam die Straße hinunter, überquerte sie und marschierte zurück. Jetzt dicht an den Fenstern vorbeigehend, versuchte er einen Überblick über den Gastraum zu bekommen. Er sah sechs Gäste sowie den Wirt hinter der Theke. Mit dem Rücken zum Hoftor blieb er stehen, beobachtete intensiv seine Umgebung. Auf einmal schnellte er mit der Gewandtheit einer Katze am Tor hoch, war oben, sprang auf den Hof. Im Schatten des ersten Lastwagens verharrte er einen Moment. Als alles ruhig blieb, rannte er schräg auf das erleuchtete Fenster zu, das zum Wirtshaus gehören musste. Er hatte richtig vermutet. Er blickte in die Küche, in der sich im Augenblick niemand aufhielt. Zwei Schritte neben dem Fenster war eine verschlossene Metalltür. Krimmer zog ein dunkles Etui aus seiner Hosentasche, nahm einen länglichen Stahlstift, vorne seltsam gebogen, heraus, machte sich lautlos für wenige Sekunden am Schloss zu schaffen, und die Tür war offen. Schnell sah er sich in der Küche um, eilte mit leisen Schritten zu der angelegten Tür, die zum Gastraum führte. Vorsichtig spähte er durch den Spalt. Der Wirt lehnte hinter dem Tresen. Weiter vorne saßen drei junge Männer an einem Tisch. Sie unterhielten sich lebhaft, für Krimmer wirkte es wie der Anfang eines Streites. Zwei der Männer erkannte Krimmer wieder.

Der Wirt verließ seinen Platz, ging in einen Bereich des Gastraumes, den Krimmer nicht einsehen konnte, ohne die Tür weiter zu öffnen. Wenig später kam der Wirt zurück, zapfte ein Bier, füllte ein Schnapsglas und machte den Weg noch einmal.

Krimmer hatte sich bereits auf eine Geduldsprobe eingestellt, da steuerte der Wirt auf die Küche zu. Krimmer trat hinter die Tür. Als

der Mann weit genug im Raum war, machte Krimmer die Tür zu, drehte den Schlüssel um und lehnte sich dagegen.
Der Wirt starrte den unverhofften Besucher wie einen Geist an.
»Wenn Sie vernünftig sind, bin ich gleich wieder weg«, sagte Krimmer freundlich. »Und wenn Sie klug sind, kein lautes Wort. Klar?«
Dem Wirt hatte es offenbar die Sprache verschlagen. Angst stand ihm ins Gesicht geschrieben. Langsam wich er bis zum Ofen zurück.
Krimmer beobachtete jede seiner Bewegungen. Dann folgte er ihm und blieb vor ihm stehen.
»Warum haben Sie die Männer auf Herrn Kreitmayer gehetzt?«
Schweigen.
Im Gesicht des Wirts las Krimmer jetzt eine Mischung aus Angst und Trotz.
»Reden Sie.«
Keine Antwort.
Ohne den Wirt aus den Augen zu lassen, zog Krimmer den Toaster, der auf dem Tisch neben dem Ofen stand, heran und schaltete ihn ein. Dann packte er blitzschnell die Hand des Mannes. Mit eisernem Griff hielt er sie über den Toaster.
»Ich frage jetzt noch einmal. Wenn Sie nicht augenblicklich antworten, stecke ich Ihre Finger in den Toaster. Hab ich mich klar ausgedrückt?«
Dem Mann standen Schweißtropfen auf der Stirn, in den Augen war Angst zu lesen.
»Also?«
»Ja.« Es war mehr ein Herauspressen von Luft als ein Wort.
»Was: ja?«
»Ich wollte den Kreitmayer erschrecken.«
»Warum?«
»Er ist zu neugierig.«
»Neugierig? Wonach?«
»Er hat seine Nase in Dinge gesteckt, die ihn nichts angehen.«
»So? In welche Dinge?«
Schweigen.
Krimmer verstärkte den Druck und näherte die Hand weiter dem Toaster. Er nahm wahr, dass der Wirt Widerstand versuchte, was ihm jedoch gänzlich misslang.
»Dinge, die meinen Hauswirt angehen.«
»Aha«, sagte Krimmer lakonisch.

Schweigen.
»Der Name?«
»Was für ein Name?«
»Der vom Hauswirt.«
Die Hand lag jetzt nur noch knapp über dem Toaster.
»Laaser.«
»Danke.«

Freitag

Eben war Homer auf dem Weg zur Tür, um die Buchhandlung zu öffnen, da rief ihn das Läuten des Telefons nach hinten ins Büro.
»Homer & Freunde, Kreitmayer.«
»Kreisbote Firstau, Falk.« Homer meinte regelrecht Falks gute Laune zu spüren.
»Guten Morgen, Lukas. Brennt es irgendwo?«
»Um halb elf haben wir im »Gräflichen Stift« einen Termin, den ich als wichtig einstufe.«
»Reaktion auf den Artikel?«
»Ja. Es sind überraschend viele Hinweise eingegangen. Bis auf einen sind sie wohl nur für Herrn Michl interessant.«
»Und dieser eine kommt aus dem Stift?«
»Richtig. Eine Schwester hat im Auftrag einer Seniorin angerufen. Die alte Frau hat früher einmal im Turm gelebt.«
»Das klingt gut.«
»Das meine ich auch. Ich hole dich ab. Du kannst dir doch freinehmen?«
»Ich denke schon. Du, Lukas, ich hab' auch was. Die »Lände« gehört Laaser. Der Wirt ist Pächter.«
»Von wem hast du das?«
»Vom Wirt persönlich.«
»Wie denn das? Hat er es dir so einfach auf die Nase gebunden?«
»Nein, Lukas, hat er nicht. Er bekam Besuch von Herrn Krimmer.«
»Aha! Ich will nicht fragen, wie er es angestellt hat. Wichtig ist, dass wir es wissen.«
»Eben.«
»Also bis später dann, Homer.«
»Servus, Lukas.«
Homer überlegte kurz, rief dann Biggi Aumüller an, um sie zu fragen, ob sie ihn erneut bis Mittag vertreten könnte. Sie sagte sofort zu.
Als der Stundenzeiger sich der zehn näherte, ging Homers Blick immer wieder zur Treppe. Von dort würde Biggi kommen. Sein Herz klopfte schneller bei diesem Gedanken.
Endlich ging die Tür. Ich höre deine Schritte, unverkennbar deine Schritte, und ich freue mich, dachte Homer. Erst sah er ihren weizenblonden Kopf und dann stand Biggi Aumüller vor ihm.
Sie gaben sich die Hand.

»Danke, dass Sie gekommen sind, Frau Aumüller.« Homer strahlte die schöne Frau an.

»Ich komme gern, Herr Kreitmayer.«

Immer noch hielt er ihre Hand, sah ihr in die Augen und sie wich dem Blick nicht aus. Erst als Ludwig, der ihnen hemmungslos zusah, leise hüstelte, wandte Biggi den Kopf. Homer machte beide miteinander bekannt. Biggi lächelte und nickte. Ludwig machte eine leichte Verbeugung.

»Herr Krimmer ist zu meinem Schutz da. Ich bin nämlich unter die Räuber gefallen«, sagte Homer leichthin, denn er wollte die angebetete Frau nicht erschrecken.

Dennoch sah sie Homer mit großen Augen an. Er erzählte in wenigen Sätzen undramatisch, was vorgefallen war.

Offenbar ließ Biggi sich nicht täuschen. Sie trat nahe an ihn heran und umarmte ihn spontan. »Herr Kreitmayer«, flüsterte sie.

»Sag Homer, Biggi, bitte«, flüsterte er zurück.

»Nein«, sagte sie leise. »Ich sage Albert zu dir.«

Er fühlte eine entzückende Leichtigkeit, wohlige Wärme durchströmte ihn, Schauer der Sinnlichkeit ließen seine Haut kribbeln. Nach endlos schönen Momenten löste sich Biggi von ihm. Sie sah ihn offen an. Homer entdeckte keine Spur von Verlegenheit. Aus seinem Blick sprach ausschließlich Bewunderung. Diese wunderschönen grünen Augen, die sanften Konturen des Mundes, die zarte schmale Nase! Noch meinte er die Wärme ihrer Hände auf dem Rücken zu spüren. Seine ganze Sehnsucht projizierte Homer auf diese Frau.

»*Nie aber geben alles zugleich die Götter den Menschen*«, dachte Homer glücklich und ein wenig resigniert zugleich.

Durch den Torbogen betraten die drei Männer das »Gräfliche Stift«, das Seniorenheim im Kloster. Die Schwester Pförtnerin schickte sie, im Namen von Schwester Ottilie, in den Garten im Innenhof. Sie gingen über die Kieswege des sonnenüberfluteten, parkähnlichen Gartens. Nahe dem Kreuzgang sprudelte munter ein Brunnen. Auf einer Bank, zwischen zwei schlanken dunklen Zypressen, saß eine Nonne und neben ihr eine kleine alte Frau im Rollstuhl. Die Schwester erhob sich und kam ihnen entgegen. Sie sprach Falk an, der sich vor ihr verneigte.

»Sie sind Herr Falk? Wir haben miteinander telefoniert?«

»Ja, Schwester. Ich danke Ihnen, dass Sie mich angerufen haben.«

Schwester Ottilie warf einen schnellen Blick zu der alten Frau und sah dann Falk an. »Ich möchte Sie bitten, mit Frau Fuß sehr behutsam zu sprechen. Sie brauchen Geduld, wenn sie nicht bei einem Thema bleibt, abschweift, vielleicht etwas wirr redet. Kann Frau Fuß Ihnen nicht helfen, kann ich es vielleicht.« Sie sah ihn mit ihren dunklen Augen an. Schöne Augen, dachte Falk.

»Vielen Dank, Schwester Ottilie.«

»Was ist, Schwester?« rief die alte Frau im Rollstuhl mit heller Stimme. »Das ist doch mein Besuch oder nicht?«

Falk ging die wenigen Schritte zu Frau Fuß, Homer und Krimmer blieben zurück. Die alte Dame trug ein langes dunkelblaues Kleid. Um ihre Schultern lag ein breiter weißer Schal. Die dichten, glatten weißen Haare waren zu einem Bubikopf geschnitten. Sie hatte ein hageres, runzliges Gesicht mit einer schmalen, langen Nase. Ihre kleinen Augen betrachteten neugierig den Mann, der mit einem bunten Blumenstrauß vor ihr stand.

»Ich bin Lukas Falk, Frau Fuß.« Falk ließ sich elegant in die Hocke nieder, legte ihr den Blumenstrauß in den Schoß.

»Sind die schönen Blumen für mich?«

»Ja, für Sie, Frau Fuß.«

»Oh, ich habe lange keine Blumen mehr bekommen.« Sie hob den Strauß hoch, presste ihr Gesicht für einen Moment hinein. »Sie duften wunderbar. Danke, junger Mann. Warum besuchen Sie mich?«

»Schwester Ottilie hat mir am Telefon gesagt, dass Sie mir etwas über den Turm am Schloss erzählen können, Frau Fuß.«

»Ja, Schwester Ottilie. Sie ist ein Engel. Ohne sie wäre ich ganz allein. Wissen Sie, ich habe keine Familie ...«

Während Falk ihr geduldig zuhörte, hatte er nicht den Eindruck, dass die alte Frau verwirrt war. Ihre Geschichte war verständlich, folgerichtig, manchmal weitschweifig. Nur allein den Turm erwähnte sie mit keiner Silbe.

»Schon eine kleine Ewigkeit lebe ich hier im Stift, behütet von der Heiligen Mutter Kirche. Die Sünden der Welt liegen weit hinter mir.«

»Frau Fuß, ich kann mir nicht vorstellen, welche Sünden das gewesen sein sollen.« Falk sah die kleine Frau freundlich an.

»Sie sind ja noch so jung. Was wissen Sie vom Bösen des Menschen und der Welt? Jeder Tag bringt Schuld und Sünde. Allein der feste Glaube an unseren Herrgott bewahrt uns vor der Verdammnis.« Frau Fuß ließ die Blumen los, faltete ihre kleinen Hände und hob den Kopf zum Himmel, schloss die Augen.

Erst nach einer Weile nahm Falk ihre Hände, übte einen leichten

Druck aus. Sie ließ es geschehen, ohne die Augen zu öffnen. »Frau Fuß, was ist mit dem Turm?« fragte er leise.

»Der Turm? Ja. Der war nur eine Etappe in meinem langen Leben«, murmelte sie, gerade noch für Falk verständlich. »Ich wohnte in einem winzigen Kämmerchen. Als Flüchtling aus Schlesien kam ich nach Firstau. Der schreckliche Krieg, von diesem zischenden österreichischen Anstreicher angezettelt, war endlich vorüber.« Sie schwieg. Ihre Augen schauten nach innen, als würden sie alte, längst vergangene Bilder sehen.

»Im Turm wohnten viele Menschen. Es war eng. Und es wurde viel geredet.«

»Worüber, Frau Fuß?«

»Ich weiß es nicht mehr. Es tut mir Leid. Vielleicht kann Sofie mehr erzählen.«

»Wer ist Sofie?«

»Sofie ist die einzige, die mich noch besucht.«

»Wo wohnt Sofie, Frau Fuß?«

Die alte Frau faltete wieder ihre Hände und schloss die Augen. »Ich muss jetzt beten. Bald werde ich meinem Herrgott gegenüberstehen. Ein reines Gewissen. Vergebung, ich bin ...« Die letzten Worte waren ein Murmeln. Die Hände krampften sich ineinander.

Homer legte seine Hand auf Falks Schulter und der Freund erhob sich.

Schwester Ottilie sagte: »Frau Fuß ist jetzt in ihrer Welt.«

»Schwester, konnten Sie hören, was Frau Fuß mir erzählt hat?«

»Nicht alles, sie sprach oft sehr leise. Aber vieles von dem, was ich verstanden habe, ist so nicht richtig, kommt aus der Vorstellungswelt von Frau Fuß.«

»Sie meinen, sie hätte geflunkert?«

»Nein, sie mischt Episoden zusammen, die nicht aus ihrem Leben stammen. Es ist das hohe Alter, Herr Falk.«

»Es klang so klar, so logisch.«

Schwester Ottilie lächelte. »Ich gebe Ihnen die Adresse von Sofie Gasteiger. Ich vermute, Sie möchten mit ihr sprechen.«

»Danke, Schwester.«

Falk parkte vor dem winzigen Häuschen nahe dem Sportzentrum. Die Siedlung war von der Stadt in den frühen Fünfzigerjahren für die vielen Wohnungssuchenden jener Zeit errichtet worden.

Als sie ausstiegen, hörten sie vom Sportgelände her gedämpftes Geschrei. Noch bevor sie das Haus erreichten, öffnete sich die Tür. Eine rundliche Frau in bunter Kittelschürze sah ihnen entgegen.

»Grüß Gott, Frau Gasteiger«, grüßte Homer und überreichte ihr einen Blumenstrauß, den sie freudig entgegennahm. »Wir danken Ihnen, dass Sie Zeit für uns haben.«

»Wenn Tante Theresia und Schwester Ottilie wollen, dass ich mit Ihnen spreche, tu ich es gerne.«

»Tante Theresia?«

»Frau Fuß. Ich nenne sie seit meiner Kindheit so. Bitte kommen Sie herein.«

»Ich bleibe hier draußen, Homer«, sagte Krimmer.

Homer und Falk folgten Frau Gasteiger in einen engen Flur, von dem eine ausgetretene Holztreppe nach oben führte, und weiter in eine reinliche, gemütliche Wohnküche. Frau Gasteiger bat die Männer, sich an den Tisch zu setzen, auf dem eine farbige Decke lag und eine Vase mit Wiesenblumen stand. Sie versorgte Homers Strauß, stellte die Glasvase auf das Fensterbrett und sagte dann bestimmt: »Ich koche uns einen Kaffee.«

Nachdem Frau Gasteiger Kaffee eingeschenkt und sich gesetzt hatte, sagte sie: »Tante Theresia kann Ihnen über den Turm nichts mehr sagen, das ist mir klar. Es ist für mich fast schon ein Wunder, dass sie Schwester Ottilie gebeten hat, Sie anzurufen.« Frau Gasteiger wiegte leicht den Kopf hin und her. »Vielleicht hat auch Schwester Ottilie von sich aus angerufen und so erreicht, dass Sie nun hier sind, meine Herren. Ich habe mir nämlich lange überlegt, ob ich mich melden soll, nachdem ich den Artikel im »Kreisboten« gelesen hatte.«

Nach einem Schluck Kaffee begann Frau Gasteiger zu erzählen.

Bei Kriegsende war Sofie Gasteiger fünfzehn Jahre alt gewesen. Seit Sommer 1943 wohnte sie mit ihren Eltern im Turm. Anfang 1945 quartierte man von einem Tag zum anderen alle Bewohner aus. Mit ihren Eltern wurde sie auf einen Bauernhof nahe Firstau gebracht. Der Bauer hatte keine Möglichkeit, seine Hausgäste abzulehnen.

»Ich weiß noch, dass meine Eltern viel miteinander flüsterten, auch nachts. Ich schlief mit ihnen in einem Zimmer. Wenn sie meinten, dass ich schlafe, redeten sie etwas lauter. So bekam ich mit, dass der Turm und das Gebiet am Schlossberg nach unserem erzwungenen Auszug zum Sperrgebiet erklärt wurde. Geheimnisvolle Dinge sollten dort vorgehen. Nicht nur Buben spitzen bei Geheimnissen die Ohren, nicht wahr?« Spitzbübisch sah sie ihre Besucher an.

»Wissen Sie etwas über diese geheimnisvollen Dinge?« fragte Homer.
Frau Gasteiger ließ sich Zeit mit der Antwort.
»Es fällt mir nicht leicht, an damals zu denken und darüber zu reden. Wenn mein verstorbener Mann und ich mal darauf zu sprechen kamen, war das Thema schnell erledigt. Mein Mann war gerade siebzehn gewesen, als er noch in den Krieg geschickt wurde, und er hatte die Nase gestrichen voll davon, wie er immer sagte. Er wollte einfach nichts mehr davon hören. Jetzt ist es das erste Mal, dass ich darüber rede.«
Sie schloss kurz die Augen. Als sie sie wieder öffnete, sah sie Falk an. »Mir ist ein weiterer rätselhafter Satz im Gedächtnis geblieben.«
»Ja?«
»Mein Vater sagte zur Mutter, wir sollten froh darüber sein, nicht mehr im Turm zu wohnen, denn dann würden wir auf einer Zeitbombe hocken.«
»Zeitbombe?«
»So sagte Vater.«
Homer sah Falk schnell an.
»Haben Sie eine Vermutung, um was es sich bei der Zeitbombe handeln könnte?«
Frau Gasteiger trank einen Schluck, schaute zum Fenster. Sie schien zu überlegen. »Ich weiß nicht, ob ich darüber reden soll. Ich habe nur Flüstereien meines Vaters erlauscht. Was dabei Gerüchte waren oder Tatsachen, kann ich nicht entscheiden.«
»Bitte, Frau Gasteiger«, sagte Falk.
»Aber Sie erwähnen nicht meinen Namen.« Streng sah sie Falk an. »Ich streite alles ab, das verspreche ich Ihnen.«
Falk schüttelte den Kopf. »Ich werde ganz sicher Ihren Namen nicht nennen, Frau Gasteiger.«
»Gut, ich vertraue Ihnen, Herr Falk. Also, ich habe erlauscht, dass Lastwagen nachts Fässer zum Turm transportierten, die dann irgendwohin in den Untergrund gebracht wurden.«
»Fässer? Was war da drin?« fragte Homer.
»Das kann ich Ihnen wirklich nicht sagen.«
»Woher wusste Ihr Vater davon? Damals war es ja nicht ungefährlich, von solchen Dingen Kenntnis zu haben.«
»Mein Vater war in der Partei und arbeitete bei der Stadt Firstau. Sie wissen ja, wie das ist, obwohl es gefährlich war, geredet wurde doch.« Dann fragte sie: »Noch einen Kaffee, meine Herren?«

Homer hockte seitlich auf der Kante des Büchertisches. Krimmer lehnte mit verschränkten Armen am Regal. Loderer stand zwischen ihnen und sprach.

Der Doktor hatte die Mittagszeit im Schlosspark verbracht, im Schatten auf einer Bank, mit Blick zum Dichterhaus. Dort wohnte Anfang der Sechzigerjahre der Theaterautor Frank Weberknecht für einige Monate, arbeitete an seinen später berühmt gewordenen Stück »Die leuchtenden Augen«. Auf dem Nachhauseweg, in der Altstadt, war Loderer an der Kanzlei von Rechtsanwältin Steinhoff vorbeigekommen. Gerade vor ihm war eine große dunkle Limousine aus dem Hof gerollt. Am Steuer Laaser, neben ihm Holzmacher.

Homer pfiff leise, und dann erstatte er Bericht.

Anschließend hob Loderer sein Gesicht nachdenklich zur Decke und sagte: »Jetzt muss ich noch etwas loswerden.«

Er sah die beiden Männer an. »Letzte Nacht habe ich ungewöhnlich geträumt. Normalerweise erinnere ich mich am Morgen selten an meine Träume. Dieser Traum war aber so beklemmend, dass er mich noch nach dem Erwachen belastete. Ich muss Ihnen einfach eine Zusammenfassung erzählen, ja? Zuerst ging es ziemlich wirr zu. Erst allmählich kristallisierte sich heraus, dass es sich um eine obskure Schatzsuche handelte. Ich erlebte alles fliegend, über und sogar unter der Erde. Manche Sequenzen erschienen recht realistisch, andere sehr surreal. Grüngiftiges kaltes Licht, wabernder stinkender, roter Nebel. Ein zuerst kaum wahrnehmbarer Ton verstärkte sich zu einem unerträglichen Schrei. Danach plötzliche Stille – und dann der dunkle, klagende Ton einer Totenglocke.« Loderer sah Homer an. »Nass geschwitzt wachte ich auf. Mühsam versuchte ich die Vorstellung abzuschütteln, es sei ein Gruß aus dem Reich der Schatten. Verstehen Sie, Homer?«

»Solche Albträume nehmen einen mit, Doktor, gewiss. Andererseits sollte man sich nicht zu sehr ins Bockshorn jagen lassen. Allerdings ist mir während Ihrer Schilderung eine absurde Gedankenverbindung durch den Kopf geschossen.«

»Welche?«

»Ihr Traum, Doktor, sowie der Ausdruck Zeitbombe. Irgendwie erzeugen mir beide zusammen eine Gänsehaut.«

»Ich vermute mal, dass die Fässer diese Zeitbombe sind. Was mag da drin sein?«

»Der Fantasie bleibt leider ein großer Freiraum.«

»Wir müssen aber auch bedenken: es waren leise gesprochene Äußerungen, die ein junges Mädchen vor über fünfzig Jahren erlauschte.«

»Zweifeln Sie an der Glaubwürdigkeit, Doktor?«
»Nein, Homer. Doch gesundes Misstrauen ist sicherlich nicht falsch. Wir sind beide in dieser Stadt aufgewachsen. Haben Sie je von irgendwelchen Gerüchten um den Schlossberg gehört?«
»Nein.«
»Das Labyrinth, wie Herr Michl in seinem Artikel schreibt, ist offenbar kein geheimnisvolles Rätsel. Was ich sagen will: Die Fässer hätte man doch im Laufe der Zeit entdeckt. Wenn es nicht nur ein Gerücht war, sind sie vermutlich noch vor Kriegsende wieder weggebracht worden.«
»Das ist denkbar, Doktor.«
»Und dann, Homer, wurde der Turm gleich nach dem Krieg wieder bewohnt. Es ging vieles drunter und drüber damals, aber die Behörden hätten nicht den Wohnraum freigegeben, wenn eine unkalkulierbare Gefahr bestanden hätte, nehme ich mal an.«
»Sie haben recht, Doktor, unter der Voraussetzung, dass die Behörden Kenntnis hatten. Wenn aber nicht? Die Nazis haben fürchterliche Schweinereien begangen. Bedenken Sie, es ging auf das Kriegsende zu. Und nicht alle Nazis waren so beschränkt, die Realität nicht gelten zu lassen.«
»Worauf wollen Sie hinaus, Homer?«
»Dass es womöglich keine Aufzeichnungen gibt. Ich erinnere nur an die vermauerten Zugänge im tiefsten Keller des Turmes.«
»Hm. Aber seit mehr als fünfzig Jahren ist nichts Ungewöhnliches vorgefallen.«
»Zeitbombe! Dieses Wort geht mir nicht aus dem Kopf. Doktor, Zeit ist relativ. Vielleicht tickt die Bombe noch.« Die Männer sahen sich schweigend an.
»Wie sehr nur schieben die Menschen den Göttern die Schuld zu, aber sie selber schaffen sich noch Leiden durch eigene Frevel.«
Loderer lächelte. Dann sagte er: »Was nun? Spekulationen sind interessant, führen aber meist per se zu nichts.«
»Ich habe da eine Idee. Hören Sie zu! Sagen Sie ja, werde ich Lukas Falk anrufen.«
Ein Kunde betrat den Laden.
»Übernimmst du, Ludwig?«
»Klar, Homer.«

Am Turm herrschte tintenblaue Dunkelheit. Die Bäume schirmten die Helligkeit, die von der Stadt kam, nicht völlig ab. Der Mond zeigte sich noch nicht. Die kleinen Flecken Himmel zwischen den

Laubdächern der Bäume schimmerten samten blau. Hin und wieder zogen Wolken einen dunklen Vorhang vor.

Was ist das an einem sonnigen Tag für ein wunderschönes Plätzchen, dachte Homer. Wie lange hockte er schon auf dieser Bank? Jedes Zeitgefühl war ihm abhanden gekommen. Vor einer Woche – so lange war das schon her – hatte ungefähr zur selben Stunde Hansi hier gesessen. Jetzt spielte Homer Hansis Rolle, in langem, dunklem Mantel, den Kragen hoch gestellt, einen alten Hut auf dem Kopf. Neben sich, an der Bank angebunden, wusste er den Schäferhund, ein braves Tier. Nur ab und zu vernahm er ein leises Hecheln. Falk hatte den Hund besorgt. Homer wusste nicht einmal, woher.

Er hatte nicht geahnt, wie stark ihm die Situation zusetzen könnte; das Fieber der Spannung, dieses tatenlose Warten, die lastende Dunkelheit. Der leichte Wind in den Bäumen und den Büschen gaukelten seinen gereizten Sinnen Gespenster vor. Ja, er spürte Angst, doch es gab kein Wenn und Aber, kein Jammern, er musste auf seinem Posten ausharren. Er hatte es sich selbst eingebrockt.

»Unglücksmann, nicht steht es dir an, wie ein Feiger zu zagen.«

Lukas und Ludwig setzten wie selbstverständlich voraus, dass Homer der Lage gewachsen war. Wenn sie wüssten! Dachte er an Ludwig, fühlte er sich augenblicklich besser. Er wusste den Riesen ungefähr zwanzig Schritte entfernt im Schatten des Turmtorbogens. Obwohl er ihn nicht sah, nicht hörte, war Ludwig doch da.

Sein Vater kam ihm in den Sinn und dessen Prophezeiung, der Sohn werde zu weich sein, zu sensibel, ein Träumer, schlecht geeignet für die Härten des Lebens. War das so? Gewiss war, dass er noch heute mit der mächtigen Persönlichkeit des Vaters lebte und rang. Diese Hypothek belastete ihn und nahm ihm oft die Leichtigkeit, nach der er sich sehnte.

Plötzlich wurde ihm bewusst, dass der Hund sich bewegt hatte und direkt vor ihm saß. Homer konzentrierte sich. Da! Schritte! Von der Brauerei her näherten sich zwei dunkle Schatten. Nur wenige Meter vor der Bank blieb der eine abrupt stehen.

»Was ist, Herr Holzmacher?« Das war Lukas.

Die aufgeregten Armbewegungen Holzmachers in seine Richtung ahnte Homer mehr als er sie sah.

War die Scharade tatsächlich geglückt? Holzmacher drehte sich plötzlich auf dem Absatz um und begann den Weg hinunter zu rennen. Hinter ihm her Ludwig, der den Fliehenden schnell einholte und packte.

Homer war aufgesprungen und stand neben Falk. Der Hund fing

zu bellen an. Falk sprach leise auf das Tier ein, bis es sich wieder beruhigte.

Krimmer schob Holzmacher, dessen Arme er wie in einem Schraubstock hielt, vor sich her, bis sie neben der Bank waren.

»Herr Holzmacher, Sie wissen, dass Ihr Verhalten einem Eingeständnis gleich kommt«, konstatierte Falk kühl.

Der Mann antwortete nicht, versuchte aber, obwohl chancenlos, sich aus Krimmers Klammergriff zu befreien.

Der Halbmond warf jetzt sein Licht durch die Astlücken.

»Warum versuchen Sie davonzulaufen?« fragte Falk.

Wiederum keine Antwort.

Dann Holzmachers unterdrückter Schmerzensschrei.

»Machen Sie den Mund auf, Mann.« Wie Krimmer das sagte, war es mehr als eine Warnung. »Ich kann auch anders. Ihnen tut es weh, und es ist völlig unnötig. Sie kommen hier nicht weg, bevor Sie geredet haben. Klar?«

Nur das leise Rauschen des Windes in den Bäumen und das Hecheln des Hundes waren zu hören.

»Was wollen Sie wissen?« Holzmachers Stimme klang nicht sonderlich sicher.

»Herr Holzmacher«, sagte Homer, »was tickt dort unten?«

Einen Bruchteil zu lange brauchte Holzmacher zur Gegenfrage: »Was meinen Sie?«

»Wir haben recherchiert, Herr Holzmacher, und wissen, dass unter uns eine Zeitbombe tickt. Wir sind sicher, dass Sie uns sagen können, um was es sich da handelt.«

»Wie kommen Sie darauf?« Er wandte sich an Falk. »Herr Falk, ich verstehe nichts mehr. Der Mann soll mich loslassen.«

»Okay«, sagte Falk. Krimmer ließ den Bauamtsleiter los, blieb jedoch dicht hinter ihm stehen. »Herr Holzmacher«, sagte Falk, im Ton jetzt sehr verbindlich. »Eigentlich wäre es unsere Pflicht, mit unserem Wissen zur Polizei zu gehen. Da wir aber denken, dass das für Sie peinlich werden dürfte, wollen wir uns erst einmal mit Ihnen unterhalten. Deutlicher kann ich Ihnen nicht klar machen, dass es zu Ihrem Vorteil ist, wenn Sie mit uns kooperieren.«

Holzmacher brummelte undeutlich vor sich hin.

»Was?« knurrte Krimmer.

Holzmacher gab sich offensichtlich einen Ruck. »Zum Teufel noch mal. Es sind Fässer, die dort unten lagern. Mein Großvater hat es mir auf seinem Totenbett gesagt.«

»Was ist in den Fässern?«

»Genau weiß ich es auch nicht. Chemische und biologische Substanzen. Auf jeden Fall äußerst gefährliches Zeug. Das Wort Zeitbombe ist gar nicht so schlecht.«
»Was hatte Ihr Großvater damit zu tun?«
»Großvater war bei der SS. Er war sicher kein ganz kleiner, aber auch kein großer Fisch in dem düsteren Teich der damaligen Zeit.«
»Warum haben Sie nichts unternommen, nachdem Sie davon erfahren haben?« kam die nächste Frage von Homer.
»Ich war ein junger Student. Was hätte ich tun sollen?«
»Zum Beispiel zur Polizei gehen.«
»An diese Möglichkeit habe ich auch gedacht. Doch dann überlegte ich, ob das Ganze nicht nur dem Kopf eines todkranken Mannes entsprungen war. Fragen konnte ich ihn nicht mehr. Er hat mich auch nicht aufgefordert etwas zu tun. Ich klopfte leicht bei meinem Vater an. Der winkte ärgerlich ab, ich sollte ihn mit den alten Kamellen in Ruhe lassen. Ich beruhigte mich, indem ich mir sagte, es sind so viele Jahre vergangen und nichts ist passiert. Vielleicht hatten sie das Teufelszeug ja auch noch weggeschafft. Tscha, und mit der Zeit habe ich es dann einfach vergessen oder verdrängt, ganz, wie Sie wollen.«
»Hast wirklich du im Ernst dieses geredet, ja, dann haben die Götter selbst den Verstand dir genommen«, deklamierte Homer halblaut.
»Was?« fragte Holzmacher.
»Nur eine Randbemerkung. Sie haben es also vergessen! Bis jetzt, wo Ihr Kumpel Laaser ganz heiß ist auf das Gelände. Richtig?«
»Ja, als dieses Areal ins Gespräch kam, war es vorbei mit dem Verdrängen. Sie müssen mir glauben, seitdem belastet es mich sehr.«
»Das nehmen wir Ihnen sogar ab.«
»Ich habe Anselm, mit dem ich befreundet bin, gesagt, was ich weiß. Er wiegelte jedoch ab, verwies ebenfalls auf die Zeit, die vergangen ist. Als ich aber nicht locker ließ, sagte er, gut, schauen wir uns den Turm an, Leonhard.«
»Und das war am vergangenen Donnerstag?«
»Ja. Wir nahmen eine starke Lampe mit und sahen uns die Kellerstockwerke genau an.«
»Und?«
»Keinerlei Hinweise. Nichts.«
»Nichts?«
»Anselm hat mich gehörig hochgenommen. Als wir ins Freie zurückkamen, sagte er mir, genau darum würden wir uns unterscheiden. Er besitze Mut und scheue nicht das Risiko. Bei mir müsse immer alles gerade sein, ich liebte die Sicherheit. Du bist ein Angsthase,

Leonhard, sagte er. Ich ärgerte mich darüber so, dass ich ihm alles, was ich von Großvater über die Fässer wusste, und so viel ist das ja nicht, laut ins Gesicht schrie. Und er hörte es sich seelenruhig an.« Holzmacher atmete tief durch.
»Weiter!« forderte Krimmer dumpf.
»Naja, ist ja egal. Plötzlich knurrte vor uns ein Hund. Und dann sahen wir den Mann auf der Bank. Wer war das? Hatte er das alles gehört? Fast gleichzeitig gingen wir auf den Mann zu und redeten ihn nicht gerade zart an. Wir kannten ihn nicht, und so genau konnten wir ihn in dem diffusen Licht auch nicht in Augenschein nehmen. Auf einmal sprang der Mann hoch und rannte, wie vom Teufel gehetzt, in Richtung Schlosspark davon. Der Hund bellte, war aber gleich darauf wieder still. Ohne lange zu überlegen, eher instinktiv, setzte ich dem Mann nach. Ich, und nicht Anselm. Der ging zu seinem Auto. Noch heute könnte ich mich dafür ohrfeigen. Also: Ich rannte, was meine Beine und Lungen hergaben. Ich musste wissen, was der Mann mitbekommen hatte. Mehr wollte ich nicht von ihm. Das müssen Sie mir glauben. Oben im Park, auf dem mittleren Kiesweg, stolperte der Mann vor mir und schlug lang hin. Irgendwie hatte ich da schon das Gefühl, er sei betrunken, denn er bewegte sich so seltsam. Jedenfalls packte ich ihn bei den Schultern, kniete mich auf seine Beine. Ich bombardierte ihn mit kurzen Fragen, aber deutlichen. Ich hatte fast keine Luft mehr. Ich stieß die Worte regelrecht hinaus. Ich kann nicht sagen, ob er mich verstand. Er roch sehr stark nach Bier. Er sagte nichts, hielt aber still. Um so überraschender kam sein Angriff. Er schlug mir mit der Faust an den Kopf und traf so gut, dass ich seitlich von ihm wegkippte. Behände sprang er auf. Bis ich wieder auf den Beinen war und ihm nachsetzen konnte, war er schon ein ganzes Stück weg. Er erreichte den Laubengang und dann sah ich ihn nicht mehr. Er war wie vom Erdboden verschluckt. Wollte er mir eine Falle stellen? Ich rechnete damit und begann sehr vorsichtig nach ihm zu suchen. Vergeblich. Wo konnte er hin sein? Über die Mauer? Mir lief es kalt den Rücken herunter. Nach einiger Zeit bin ich dann zurück.«
»Wie?« fragte Homer.
»Was heißt wie?«
»Sind Sie gegangen oder gerannt?«
»Zuerst bin ich schnell gegangen, dann, in mir stieg regelrecht Panik hoch, bin ich gerannt.«
»Ist Ihnen unterwegs noch irgendetwas aufgefallen?«
»Sicher.«

»Was?«
»Am Turm rannte ich beinahe einen Mann um, der mir plötzlich im Wege stand. Der Hund bellte wie verrückt. Vorne bei der Brauerei wartete in der Einfahrt Anselm auf mich. Wir fuhren direkt zu ihm nach Hause. Der unbekannte Mann interessierte ihn nicht sonderlich, nur der Turm, und ob womöglich sein feiner Plan gefährdet war.«
»Typisch Laaser«, meinte Falk.
»Herr Holzmacher«, sagte Homer. »Ich mache Ihnen einen Vorschlag, und ich hoffe, Sie halten ihn für ebenso gut wie ich.«
»Ja?«
»Sie stimmen mir sicher zu, dass es für Sie recht unangenehm werden kann, wenn wir zur Polizei gehen. Da ich Ihrer Schilderung glaube, meine ich, wir sollten gemeinsam dazu beitragen, die Angelegenheit ins Reine zu bringen.«
»Und wie stellen Sie sich das vor?«
»Sie, Herr Holzmacher, informieren die Behörden über diese ominösen Fässer – so schnell wie möglich. Wie Sie das machen, ist egal und wen Sie kontaktieren müssen, wissen Sie am besten. Das ist Ihr Part. Unserer ist es, den Mund zu halten. Wenn Sie einverstanden sind und schnell handeln, dürfen Sie sich voll auf uns verlassen.«
»Ich bin einverstanden«, sagte Holzmacher sofort. Er sagte es mit fester Stimme, und er klang erleichtert.
»In Ordnung, Herr Holzmacher«, sagte Homer.
Holzmacher und Homer schüttelten sich die Hände.
»Ward hier ein böses Wort gesagt, entraff es der Wind und führ es von dannen.«
Holzmacher stand einen Moment unentschlossen. Offenbar wusste er mit den Worten Homers nichts anzufangen. Dann gab er Falk und sogar auch Krimmer die Hand.
»Kann ich gehen?« fragte er.
»Gute Nacht, Herr Holzmacher«, sagte Homer.

Samstag

Homer stand am Schlafzimmerfenster und spähte hinüber zur Villa Aumüller. Dumpfer Schmerz pochte in seinem Kopf, und die Augen taten ihm weh. Vergangene Nacht hatte er einen Schluck zu viel getrunken und eine Mütze zu wenig Schlaf gehabt. Er sehnte sich nach der ersten Tasse Kaffee.
Bruchstückhaft kehrte die Erinnerung an den vorherigen Abend zurück.

Nachdem Holzmacher mit schnellen Schritten in der Nacht verschwunden war, hatte Falk das »Boccalino« vorgeschlagen, um dort den Abend zu beschließen.
»Du hältst die Schilderung Holzmachers für glaubhaft, Homer?« fragte Ludwig Krimmer.
»Du nicht, Ludwig? Ich meine, so kann es doch gewesen sein?«
»Kann. Dennoch habe ich so ein komisches Gefühl im Bauch. Möglicherweise hat mich aber auch mein Job verdorben.«
«Objektive Gründe, Herr Krimmer?« Falk sah ihn an.
»Gibt es keine. Wie gesagt, es ist nur ein Gefühl. Zu gerne hätte ich dieses Weichei härter angefasst.«
Homer sah Krimmer schelmisch an. »Wie den Wirt der »Lände«, Ludwig?«
Krimmer schüttelte den Kopf. »Im richtigen Moment ist manchmal gewisse Härte nützlich, Homer, um vielleicht Schlimmeres zu verhindern.« Krimmer blickte hoch in das weiße Gewölbe. »Auch auf die Gefahr hin, mich lächerlich zu machen: Ich glaube, das letzte Wort in dieser seltsamen Angelegenheit ist noch nicht gesprochen.«
»Da stimme ich Ihnen zu, Herr Krimmer«, sagte Falk.
»Verbirgt der Turm noch sein gefährliches Geheimnis? Ich denke, ja. Wenn die Fässer kurz vor Kriegsende dorthin gebracht wurden, hat man sie nicht gleich darauf wieder weggeschafft. Handelten die Nazis in den letzten Kriegstagen nicht oft nach dem Motto: Nach uns die Sintflut?«
»Wenn ich an das Teufelszeug denke und an Doktor Loderers Traum, dann wird mir ganz anders«, sagte Homer. »Giftgrünes Licht, stinkender roter Nebel und eine Totenglocke.« Er griff zum Glas und leerte es auf einen Zug.
»Was wir erreicht haben, ist optimal, meine ich«, sagte Falk. »Holzmacher wird wohl die Meldung machen. Die Polizei von uns aus zu

informieren, hätte vermutlich wenig gebracht. Was haben wir denn an Fakten in der Hand? Seien wir also zufrieden.« Falk winkte dem Wirt. »Geniessen wir noch einen guten Tropfen.«
Homer hielt das Glas mit dem funkelnden Rotwein in beiden Händen. »Ich lade euch für morgen Abend zu einem Gastmahl. Es ist mir ein Bedürfnis.«
»Danke, Homer«, sagte Ludwig. »Ich bin morgen gern dein Gast. Und dieser Tag wird nicht auf der Rechnung erscheinen.«
Auf Homers Gesicht erschien gespieltes Unverständnis.
»Welche Rechnung?«
Krimmer und Falk lachten. Und dann lachte auch Homer.

Homer wurde auf die erfreulichste Art aus seinen Gedanken zurückgeholt. An dem bestimmten, offenen Fenster der Villa wurde der im leichten Wind sich bewegende Vorhang zur Seite gezogen. Biggi, in einem hauchfeinen Negligee, stand im Fenster, und sie machte keine Anstalten, ins Zimmer zurückzutreten. Schaute sie zu ihm herüber?
»Oh, wie liebe und begehre ich dich, Biggi!« murmelte Homer. Unbewusst hob er seine Hand zum Gruß. Und, welch eine Überraschung: Biggi winkte zurück. Dann wandte sie sich ab und verschwand im dunklen Hintergrund.
In Homers Kopf drehte sich ein Karussell. Und daran waren jetzt nicht mehr nur die Nachwirkungen des Alkohols schuld.
Als er in die Küche trat, sah Krimmer ihn an und runzelte die Stirn.
»Was ist mit dir, Homer?«
»Was ist mit mir?«
»Du bist blass und schaust aus, als sei dir ein Gespenst erschienen.«
Homer lächelte. »Viel schöner, Ludwig.« Er nahm die Kaffeekanne und goss selbstvergessen die Zuckerdose randvoll.
»Homer!« brüllte Krimmer und lachte, bis ihm die Tränen kamen.

War es ein Zufall, dass sich Homer unten im Antiquariat befand, als Biggi, einen Einkaufskorb in der Hand, durch die Hintertür kam? Im Abstand von knapp zwei Metern standen sie sich gegenüber. Sie sahen sich in die Augen. Sekunden, Stunden, Tage, eine Ewigkeit? Biggi stellte den Korb ab, ohne dabei Homers Augen zu verlieren.
Durch das Glitzern in ihren Augen überkam ihn der Mut, auf sie zuzugehen und sie in die Arme zu nehmen. Sie legte ihre warme Wange an seine. Auf seinem Rücken fühlte er jeden einzelnen ihrer Finger.

»Ich habe mein Leben lang etwas gesucht, Biggi. Ich habe es nie gefunden – bis jetzt.«

Sie nahm den Kopf zurück. Ihre grünen Augen waren ihm so nah, dass sie leicht schielten. Ihr Mund berührte ganz sanft seine Lippen.

»Komm«, sagte Biggi.

Nebeneinander gingen sie hinauf in den Laden. Ludwig begleitete gerade einen Kunden zur Tür. Biggi begrüßte Krimmer mit einem freundlichen Kopfnicken.

»Ludwig, du kommst klar?«

»Sicher, Homer.«

»Wir gehen zum Markt.«

»Lasst euch nur ruhig Zeit.«

Auf dem Weg hinauf zur Altstadt führten sie eine muntere Unterhaltung. Für Homer viel zu schnell, kamen sie ihrem Ziel näher. Mit dieser Frau an seiner Seite würde er bis zum Ende der Welt gehen. Hin und wieder, wie durch Zufall, streiften sich ihre Hände.

Als sie auf die Stadtkirche zugingen, brach die Sonne hinter dem Zwiebelturm hervor. Biggi hob den Kopf. Das Licht malte golden einen unbeschreiblichen Zauber auf ihr schönes Gesicht. Homer war nur noch fasziniert.

»Biggi, ich liebe dich.«

Sie sah ihn mit weiten Augen an. Kaum merkbar schüttelte sie den Kopf. »Bitte, Albert, nicht aussprechen.«

Was sagte sie da? Natürlich! Klar! Er musste sich zusammenreißen.

»Zeus selbst verteilt das Glück an die Menschen, ob gering oder edel, so wie er es will, einem jeden.«

Biggi lachte. Ach, war das ein liebevolles Lachen!

»Jetzt lass es gut sein, Albert.« Ganz schnell berührte sie seinen Arm. »Wir sind unter Menschen, ja.«

Wieder streifte ihn ein Anflug von Vernunft. Biggi hatte ja Recht. Er musste die Situation akzeptieren. Er zog ein zerknauschtes Gesicht.

»Kein Clown, Albert.« Wie sie das sagte!

Sie kamen zum Markt. Biggi bewegte sich von Stand zu Stand und kaufte hier und da. Homer blieb immer einige Schritte entfernt. Einmal bückte sich Biggi. Sie trug gut sitzende Jeans.

Wann war Homer zum letzten Mal so unbeschwert, so glücklich? Überrascht stellte er fest, dass sogar ein Hauch von Melancholie reizvoll sein konnte.

Sie hatten fast das Ende des Marktes erreicht. Biggi, einen Salat

in der erhobenen Hand, sprach mit dem Händler. Homer sah zur Schlossauffahrt hinüber. Mehrere Polizeibeamte sicherten dort eine Absperrung. Homer trat neben Biggi und fragte den Standlmann, was dort los sei.
»Keine Ahnung«, lautete die Antwort. »Die waren schon da, als ich kam.«
»Biggi, ich bin dort drüben.« Vor dem Eingang seines Herrenbekleidungsgeschäftes hatte er Herrn Rühberg entdeckt. Die beiden Männer kannten sich gut. Homer kleidete sich seit vielen Jahren bei Rühberg ein. Sie grüßten sich, standen nebeneinander und schwiegen. Erst nach einer Weile sagte Rühberg: »Sie können sich nicht vorstellen, Herr Kreitmayer, was hier in den frühen Morgenstunden los war. Keine Maus kommt mehr auf den Schlossberg.«
»Was ist los?«
»Wenn ich das wüsste. Alle Anwohner mussten ihre Wohnungen verlassen.«
Biggi wartete auf der anderen Straßenseite.
Homer verabschiedete sich von Rühberg mit der Bemerkung: »Wir werden es wohl in der Zeitung lesen.«

Homer hielt sich in der Küche auf, als er Ludwigs Ruf durch das offene Fenster hörte.
»Ich komme«, gab er laut zurück.
Am Nachmittag hatten er und Biggi sich zum ersten Mal geküsst. Spontan hatte er eine Flasche Champagner geöffnet und zwei Gläser gefüllt, und sie hatten miteinander angestoßen. Eben schrieb er »Biggi« auf den Korken und das so historische Tagesdatum.
Homer ging hinunter in den Garten. Seit dem Kuss schwebte er wie auf Wolken. Biggi ließ ihn fliegen.
Ludwig Krimmer werkelte am Grill. Am Tisch unter der alten Linde waren Lukas, Renate und Biggi, die sich mit Loderer unterhielt, versammelt.
Falk war zusammen mit Renate gekommen. Kurz hatte er Bericht darüber erstattet, was er über die Vorgänge am Schlossberg inzwischen wusste. Seit den frühen Morgenstunden war das gesamte Areal abgeriegelt. Die Fässer waren tatsächlich entdeckt worden. Sonderermittler sowie Chemiker des LKA mussten am Vormittag hinzugezogen werden. Seit der Mittagszeit befand sich eine Spezialfirma für Giftentsorgung vor Ort.
Homer stellte sich vor den Tisch. »Liebe Freunde«, sagte er, »ich habe euch zu einem Gastmahl geladen und danke euch, dass ihr ge-

kommen seid. Ich wünsche euch schöne Stunden bei diesem wunderbaren warmen Wetter mit Schmausen und Bechern und ergötzlichem Reden. Wir haben uns dieses Mahl redlich verdient. Hinter uns liegt wahrlich eine ungewöhnliche Woche«, dabei sah er ganz kurz zu Biggi. »Fühlt euch wohl, Freunde.«

Biggi reichte ihm ein Glas mit dunkelrotem Wein. Und sie tranken, schmausten und plauderten.

Homer gab die Geschichte des »Toten vom Schlossberg« in seiner Version zum Besten. Sie war stark von seiner überschäumenden Fantasie und seiner übersprudelnden Laune bestimmt.

Die Zeit verging. Die Stimmung nahm ständig an Leichtigkeit zu. Es wurden Geschichten erzählt, und viel Gelächter stieg in das weite Geäst der Linde hoch.

Als Ludwig eine skurrile Episode zu Gehör brachte, bog sich alles vor Lachen, nur der Erzähler blieb ganz bewusst ernst. Homer verschluckte sich, bekam einen Hustenanfall, der ihn unter den Tisch fegte, was ausgelassene Heiterkeit auslöste. Er krabbelte auf der anderen Seite unter dem Tisch hervor, machte einige Schritte und schlug völlig überraschend auf dem Rasen zwei elegante Purzelbäume. Lauter Beifall war sein Lohn.

Die Dämmerung setzte ein. Krimmer trommelte auf der Schüssel, in der das Fleisch gewesen war.

»Der Ton der Trommel ist der Herzschlag der Welt. Spürst du es, Biggi?« flüsterte Homer.

Er stand auf, verschwand im Haus und kehrte mit seiner Flöte zurück. Krimmer sang, trommelte den Rhythmus, Homer spielte Flöte, die anderen sangen oder summten die Melodien.

Mitten hinein meldete sich Falks Handy. Im ersten Impuls wollte er es ausschalten. Dann nahm er es doch ans Ohr und meldete sich. Sein eben noch fröhliches Gesicht veränderte sich. Wurde er nicht sogar unter seiner Bräune blass? Die Musik und der Gesang waren verstummt. Alle Augen waren auf Lukas gerichtet.

»Danke«, sagte Falk und steckte das Handy weg. Aufreizend langsam sah er von einem zum anderen. Machte er das bewusst, benötigte er Zeit? Dann sagte er: »Laaser hat Holzmacher erschossen!«